www.tredition.de

AF185489

Das Buch

Xhelo Seferaj erzählt das Schicksal von Jasmin, deren Kind kurz nach der Geburt stirbt. Schwanger wurde sie nach einer Vergewaltigung durch einen Mann, mit dem sie als junge Frau zwischen Schule und Studium eine kurze Romanze hatte. Nach Bekanntwerden der Schwangerschaft erlebt Jasmin eine emotionale Ausnahmesituation und ist am Ende auf sich alleine gestellt. Die Geschichte wird aus der Gegenwart vierzehn Jahre nach diesem Ereignis heraus in Rückblenden geschildert. Dabei werden die Lebensgeschichten der Menschen, die prägend waren für Jasmins Entwicklung, so miteinander verwoben, dass Jasmins Schicksal rückwirkend wie vorgezeichnet erscheint.

Der Autor

Xhelo Seferaj wurde 1966 geboren. Er lebt mit seiner Frau und seinen zwei Töchtern in einem kleinen Weindorf am Main.

Xhelo Seferaj

Die Frau
ohne Wimpern

www.tredition.de

© 2013 Xhelo Seferaj

Umschlaggestaltung: Xhelo Seferaj unter Verwendung einer Zeichnung von Saphira Seferaj

Verlag: tredition GmbH, Hamburg
ISBN: 978-3-8495-6844-3
Printed in Germany

für Emma

*S*ie schnitt ihre langen Wimpern ab, ohne sich zu verletzen.

Nach einem langen starren Blick in den Spiegel ließ Jasmin die Schere auf dem großen, ovalen, weißen Waschbecken liegen. Es war nur das laute Klappern der Jalousie, das sie davon abhielt, noch weiter durch die unsichtbare Wand in die leeren Räume des Wahnsinns zu treten. Dann rieb sie mit den Kuppen beider Zeigefinger am Wimpernrand entlang.

Mit einem schwachen Seufzen schritt sie ans Dachfenster, nahm das seidene Unterhemd mit den gehäkelten Trägern vom Bügel, streifte es sich über und zog den Morgenmantel, der ordentlich auf dem Rand der Badewanne lag, darüber. Sie ging zur Tür, griff rechts zum Lichtschalter, machte das Licht aus und tapste über den Holzboden in ihr Schlafzimmer. Im Dunkeln fand sie ihr Bett, legte sich vorsichtig hin, als könnte sie etwas zerbrechen, zog die Decke über den Kopf und schluchzte leise.

Nach einer Weile waren weder ihre Stimme noch irgendein anderes Geräusch im Zimmer zu hören.

Sie erwachte lange vor Morgenanbruch. Hellwach sah sie in der Dunkelheit hinter dem Fenster Schnee auf die niedrige Mauer des Hauses gegenüber fallen. Auf der anderen Straßenseite, ein Stückchen weiter, tauchten die schemenhaften Konturen eines hölzernen Zauns und kahler Bäume auf.

Ein leichter, kalter Januarwind wirbelte Schneeflocken durch die Luft. Es schien, als ob je stärker der Wind wehte, desto weniger Schneeflocken fielen. Auf der Straße vor ihrem Haus entdeckte sie eine einzige tiefe Reifenspur. Es war lange vor Morgenanbruch. Sie kroch zurück in ihr Bett, zog die Decke bis an den Hals und schloss die Augen.

Jasmin dachte an die Wiese hinter dem Zaun, deren Gras im Sommer von wilden gelben Blumen übersät und jetzt bereits von einer weißen Schneeschicht bedeckt war. Alte Mauerruinen am Rand und in der Mitte dieser Wiese waren stumme Zeugen einer anderen Epoche. Die alten Männer des Dorfes erzählten sich, es seien Spuren eines kleinen Amphitheaters, namenlos, vor langer Zeit erbaut von einem Schiffshändler, aber so bedeutungslos, dass es in den Dorfchroniken nicht erwähnt wurde. Es gab Spekulationen, über die die alten Männer immer noch leise redeten, so wie sie es von vorhergehenden Generationen erfahren hatten: Ein Fremder hätte dieses Amphitheater als ein Symbol der Liebe gebaut. Breite Fundamente aus rotem Sandstein. Wie auch immer, diese wenigen Relikte aus alter Zeit waren die einzigen geblieben, daneben roh gehauene Holzbänke, die nur im Sommer von den Gemeindearbeitern am Rand der Wiese aufgestellt wurden. Dort auf der steinernen Treppe des Amphitheaters fühlte sich Jasmin jedes Mal in eine prunkvolle Zeit zurückversetzt, obwohl in den banalen Gesprächen der alten Männer immer eher von einem seltsamen Bauwerk die Rede war. Dies signalisierte deutlich, dass Fremde in dem kleinen Fischerdorf nicht willkommen waren. Keiner, vor allem nicht die fremden Männer, die Herzräuber, die die Töchter nahmen, die dann nie mehr zurückkehrten. Wie in dem Fall der stummen, aber wunderschönen und fleißigen Tochter des Schmiedes, die seit dem Tag, an dem sie ihr Elternhaus verlassen hatte, bis zu ihrem unerwarteten Tod in sehr jungen Jahren nie mehr zurückgekommen war. Man glaubte, sie sei verflucht worden durch den Schmerz, den sie ihren verlassenen Eltern zugefügt hatte. Der Grund ihres Todes sei die Sehnsucht gewesen.

Zwischen den wenigen Spuren des Amphitheaters spielten und kämpften Kinder miteinander, manchmal weit entrückt von den Blicken der Mütter, die beschäftigt waren, oder besser gesagt, vertieft in ihre Gespräche. Die Streitereien spitzten sich zu, bis das schwächste Kind weinte. Das Weinen wandelte sich in Schreien und zog die Aufmerksamkeit der Mütter an, bis eine von ihnen zu den Kindern ging. **Sie sollte langsam gehen, sie ist doch schwanger,** dachte Jasmin. Die Frau ging mit vorsichtigen Schritten, lächelnd, um ihr Gesicht vor den anderen Müttern nicht zu verlieren, die nun aufmerksam den Streit verfolgten. Sie hatte allein gesessen, irgendwo mit ihren Gedanken. Ihr großer Bauch spannte den dünnen Stoff des orangefarbenen Kleides, sodass sich Falten bildeten, die die Länge des Kleides verkürzten und ein Stück ihrer noch nicht von der Augustsonne gebräunten Schenkel aufdeckte. Sie näherte sich dem Streit und beendete ihn. Als die Schwangere mit ihrem kleinen Sohn, der noch Spuren des Weinens auf seinem Gesicht hatte, die Wiese verlassen wollte, wandte Jasmin den Blick nicht ab, als ob sie fragen wollte, im wievielten Monat die Frau schwanger wäre. An der Größe des gesenkten Bauches und dem langsamen Schlurfen der müden Füße, erkannte Jasmin, dass die Schwangere im neunten Monat sein musste. Sie holte tief Luft, seufzte und folgte ihr aufmerksam mit den Augen, bis die fremde Frau nicht mehr zu sehen war.

Es war Jasmins fünfter Sommer in diesem Fischerdorf gewesen. Dem Dorf mit wenig Brot, wie es früher genannt worden war. Ein Dorf, von seinen Bewohnern an den Ufern des Mains gebaut. Im Laufe der Jahrhunderte waren sie durch Überschwemmungen gezwungen worden, ihre Häuser am Fuß der Hügel zu errichten, die bewachsen waren von wilden Apfelbäumen mit kleinen süßen Früchten und bepflanzt mit Wein, um Schäden und Armut zu mindern. Das kleine Haus Nummer 33, in dem Jasmin wohnte, war zur Bergseite hin aus dicken roten Sandsteinbrocken von den erfahrenen Händen eines Meisters gemauert. Es stand inmitten eines großen Gartens voller Obstbäume. Alle Häuser am Fuße des Hügels hatten solch eine Rüstung, um vor den Schlammmassen geschützt zu sein, die bei Unwetter bis an die Kellertüren kamen, wie es oft im November passierte, in der Regenzeit, wenn man dachte, auf jeden Zentimeter Erde falle tagelang fässerweise Wasser vom Himmel.

An Schlaf war nicht mehr zu denken. Jasmin wälzte sich nach links, nach rechts, fand keine Ruhe. Trotzdem blieb sie liegen, versuchte, die Augen geschlossen zu halten.

Der Frauenarzt Marino Pela, der seinen Doktortitel an der Universität Budapest erworben hatte, betreute Jasmin während ihrer Schwangerschaft. Ein kleiner Mann, dürr, schmale muskulöse Arme, steifer Körper, mit deutlich gebeugtem Rücken. Er wirkte wie verloren in seinem viel zu weiten, weißen Arztkittel bis oberhalb der Knie, und hatte einen langsamen, verklemmten Gang, als ob die Schenkel mit einem Strick zusammengebunden wären. Pela war um die fünfzig. Sein Haar wurde hauptsächlich an den kurzen, dicken Koteletten grau. Er trug eine Brille mit schwarzem Gestell. Die dicken Gläser ließen seine tief in ihren Höhlen liegenden Augen kleiner wirken, als sie waren. Ein langes mageres Gesicht mit vorgeschobenem Unterkiefer, beherrscht von dicken Brauen, darunter zwei winzige graue Hemdknöpfe.

Im Vergleich mit ihrem zwergenhaften Mann hatte seine Frau einen langen und wohl gerundeten Körper. Ein rundes Gesicht mit vollen Lippen, an den Schläfen neben ihren braunen Augen Fältchen, verbunden mit tieferen Stirnfalten. Die Augenbrauen nur schwarz gemalte Striche. Die beiden wirkten wie Figuren der Stummfilmzeit.

Simone Pela arbeitete als Arzthelferin an der Seite ihres Mannes, erledigte auch die Finanzen und Schreibarbeiten. Sie führten ein Leben ohne Kinder, waren Partner in ihrer Praxis und wohnten seit der Eröffnung im zweiten Stock desselben Gebäudes – bis zwei Tage vor ihrer Silberhochzeit alles scheiterte …

Mit seinem vorgeschobenen Kiefer hatte Dr. Pela Ähnlichkeit mit dem Homo habilis, einem Zeugen vergangener Menschheit, der in Phantasyfilmen wie ein Beherrscher des Planeten Erde erscheint. Mit einem Lachen, das alle Gesichtsmuskeln deformierte, einem Aufstoßen, verbunden mit Dunst und erstickend schlechten Gerüchen aus der Tiefe seines Körpers.

Ein beleidigender Vergleich von Pela mit Homo habilis – ob gerecht oder nicht, spielte keine große Rolle. Aufgestellt von jemandem, der fanatisches Interesse an solchen Phantasyfilmen zeigte. Einer Patientin, bei der die gereizten Nerven Strom produzierten, eine junge Frau, siebzehn Jahre, deren Leben, wie sie es formulierte, auf der Kippe stand.

„Abtreibung im vierten Monat ist nicht möglich. Sowohl für Ihre Gesundheit als auch vom Gesetz her verboten – zu spät!", erklärte der Arzt. „Das nächste Mal, Fräulein, unternehmen Sie, damit Sie nicht wieder in solch eine Situation kommen, die entsprechenden Vorkehrungen, bevor Sie ...“ Er redete nicht weiter.

Die Turbulenzen ereigneten sich, als das verzweifelte Mädchen, das Marcella hieß, das Untersuchungszimmer schon verlassen hatte. Der Arzt ließ sich nicht einschüchtern von ihrem hysterischen Toben, ihrem Lärmen in dem langen Flur, sondern zeigte die Ruhe, die er sich in seiner Praxis und auch von ihr wünschte.

Zwei Arzthelferinnen, steif wie Kerzen auf ihren Stühlen, verfolgten hilflos den ganzen Lärm, ebenso wie die Patienten, die von ihren Plätzen aufgestanden waren, erstaunt und neugierig hinter der gläsernen Wartezimmerwand. Rechtzeitig hatte der Arzt einen Krankenwagen gerufen.

Das Mädchen stieg weinend, die Haare zerzaust durch ihre fahrigen Handbewegungen, zusammen mit einer Arzthelferin die Stufen der Praxistreppe hinab.

Frau Pela, deren Herz bei diesem unangenehmen Ereignis bis zum Hals schlug, war beunruhigt, wollte mit der Betroffenen reden und ihre Hilfe anbieten.

In der Zwischenzeit war der Krankenwagen vor der Praxis angekommen. Zwei Sanitäter begleiteten sie zum Wagen. Die Siebzehnjährige hatte aufgehört, zu weinen. Ihre wütenden Augen waren noch feucht.

Einer der Sanitäter fragte nach, ob es noch nötig sei, sie mit ins Krankenhaus zu nehmen, so wie von Dr. Pela persönlich telefonisch angefordert.

„Ja, sie braucht psychologische Hilfe!"
Auftritte dieser Art kamen nicht mehr vor. Von diesem Tag an hatte niemand mehr Marcella die Praxis betreten sehen. Trotzdem, unter den Patienten, die kamen und gingen, wurde oft von ihr erzählt. Die Geschichte lief von Mund zu Mund wie eine Sage, die aber keine war.

Entschlossen traf Jasmin an einem Nachmittag in seiner Praxis ein, sie kam von der anderen Seite des Rheins, aus dem Kölner Ortsteil Blume, wo sie lebte. Sie hatte nicht die geringste Ahnung, wie sie die Praxis finden sollte. Die Arzthelferin hatte ihr am Telefon zwar den Weg zur Praxis beschrieben, aber sie verirrte sich zwischen den grauen fünfstöckigen Betonplattenbauten. Bis das einzige zweistöckige Gebäude mit dem Hinweis zur Praxis in Sicht kam, dauerte es eine Weile. Erst gegen sechzehn Uhr dreißig erreichte sie ihr Ziel. Sie ging langsam den langen, schmalen Flur in Richtung Anmeldung. Die Rezeption war unbesetzt, sie wartete fast fünf Minuten.

Zwei Arzthelferinnen erschienen, eine wendete sich ihr auffordernd zu. „Guten Tag, ich hatte einen Termin um sechzehn Uhr fünfzehn." Ihr Gesicht war rot, schon als sie das Auto verlassen hatte, aber jetzt wurde die Röte intensiver. Die Arzthelferin erhielt den Überweisungsschein entgegengestreckt und verglich die Angaben mit dem Terminkalender.

Jasmin war damals gerade neunzehn Jahre alt gewesen, knapp zwei Jahre älter als das schwangere Mädchen im vierten Monat. Größer als dieses, mit einem geraden und schönen Körper, wie eine Ballerina, mit mittelgroßen rundlichen Brüsten wie zwei Granatäpfel, dezent und elegant gekleidet, mit schwarzem Rock und schlichtem weißen T-Shirt. Lange Beine, das blonde dichte Haar zum Zopf zusammengebunden, reichte bis auf ihre Schultern. Leuchtend blaue Augen, eine gerade schmale Nase, Lippen mit den Konturen eines roten Rosenblattes. Züge einer jungen Frau mit übermäßig stark ausgeprägter Vorstellung von Schönheit, wie eine Märchenfigur in der sich Fantasie und Logik sehr nahe waren, nur von einem Faden getrennt. Sie roch nach süßlichem Parfum, das seinen Duft um sie herum verströmte, überall, auch im Untersuchungszimmer.

Bevor die Arzthelferin den Terminkalender zuklappte, sagte Jasmin mit ganz leiser Stimme, so leise, dass die Arzthelferin die Gesichtsmuskeln anspannte, ihr einen Blick zuwarf, als ob sie ihr von den Lippen lesen wollte:

„Ich bin gekommen, um eine Kontrolle machen zu lassen."

Simone Pela, die hinter der Glaswand des Tresens arbeitete, wedelte sich zur Erfrischung mit einem Kartonstück vor dem Gesicht hin und her. Es war Ende August, sehr heiß, man hätte Brot in der Sonne backen können.

Während sie sich immer heftiger Luft zufächerte, blickte sie durch die Glaswand auf die Patientin, die eben auf einem Stuhl im Wartezimmer Platz genommen hatte, verzog ihre vollen Lippen, übermäßig lila geschminkt, bewegte den Kopf hin und her, wie ein Schwan mit lila Schnabel. Die Alarmglocken schrillten, wie damals. Quälende Gedanken befielen sie, als Sie an die manipulierenden Blicke dachte, die Marcella damals ihrem Mann zuwarf.

Jasmin spürte die verstohlenen Blicke, ignorierte sie aber. Ihr gerötetes Gesicht wurde bleich und nahm die Farbe einer gelben Zitrone an. Sie hoffte, dass die ausgebliebene Menstruation ein Irrtum ihres Körpers und nichts anderes war. Was, wenn es anders wäre?

Mit solchen Grübeleien verbrachte sie die Wartezeit, bis ihr Name aufgerufen wurde.

Es war kein Irrtum. Jasmin war schwanger, bestätigt durch eine Urinprobe, die Simone Pela gemacht hatte. Jasmin wollte sich die Wahrheit nicht eingestehen, die ihre Träume bedrohte. Sie versuchte, diese Wahrheit zu ignorieren. Eine halbe Stunde später untersuchte Doktor Pela sie per Ultraschall, bewegte den Schallkopf auf ihrem nackten Bauch hin und her. Er hatte während der vorhergehenden Besprechung festgestellt, dass die Schwangerschaft nicht erwünscht war. Er würde nicht gegen das Gesetz verstoßen, würde er diese Zellen durch einen medizinischen Eingriff wegspülen, denn dieser Zellklumpen war erst drei Wochen in ihrem Bauch. Der Arzt verabschiedete sich mit einem „Guten Tag". Sein träger Gang und die nach rechts gekippte Körperhaltung ließen ihn mehr als invaliden, alten, von einem Schlaganfall paralysierten Kater erscheinen, als als normal gehenden Menschen. Simone Pela schenkte ihr ein verkrampftes Lächeln. „Einen schönen Tag", wünschte sie. Jasmin verließ den Raum nickend, ohne ihr in die Augen zu blicken.

Als sich Jasmin in dieser verzweifelten Lage befand, war Emma, ihre Großmutter väterlicherseits, die einzige Person in unmittelbarer Nähe, die ihr Vertrauen besaß.

Eine alte Frau, strenggläubig, die dreimal am Tag in der Kirche nebenan betete. Zwischen den Gläubigen schnell zu erkennen durch ihren Buckel und ihren unsicheren Gang. Ohne ihren braun lackierten Eichenholzstock, am Griff ein geschnitztes Kreuz, hätte sie keine Chance, ihre täglichen Aufgaben zu erledigen. Durch ihren Kleidungsstil, eng geschnittener Blazer, ovaler Hut, scheinbar wie auf den Kopf geklebt, mit allerlei bunten Vogelfedern, beschwor sie eine Zeit herauf, die nicht mehr existierte: die glänzende Zeit von Queen Mary. Seit dem Tag, an dem Jasmin sie verlassen hatte, trug sie meist Hüte mit schwarzen Federn. So kleidete sie sich auch, wenn sie kleine Einkäufe in den benachbarten Geschäften erledigte, obwohl die Erledigung der Einkäufe zu den Aufgaben der Haushälterin gehörte.

Nach Pelas Feststellung der Schwangerschaft, die Temperaturen waren abgekühlt vom zweitägigen Dauerregen, der wie im Urwald ohne Pause strömte, hatten Emma und Jasmin abends am Esstisch Platz genommen. Die blauen Kerzen in silbernen Kerzenhaltern an ihrem angestammten Platz erfüllten die Aufgabe von Lampen, feine Flammen, deren Licht die beiden Gesichter erhellte, genug, um einander und die Suppenteller sehen zu können, deren warmer Dampf nach Huhn roch.

Emma genoss es, diesen Abend mit Jasmin zu verbringen, einfach wie früher zusammen zu sein, so lange Zeit nach ihrem endgültigen Weggehen. In den vergangenen Monaten hatte sie ihre Enkelin trotz häufiger Telefonate sehr vermisst. Emmas faltiges Gesicht strahlte in der Erwartung, wieder etwas über Jasmins Erlebnisse zu erfahren, Eindrücke aus dem kleinen fernen Städtchen am Berg, bewachsen von hohen schmalen Kiefern, dessen Fuß die Wasser des Mains und der Tauber berührte.

Die Enkelin erzählte auf Emmas Wunsch hin und wiederholte ständig die gleichen Geschichten.

„Die Bibliothekarin heißt Marita. Sie ist eine liebe Person, sehr sympathisch."

Marita war eine verheiratete Frau von 45 Jahren. Sie trug ihre gesträhnten Haare kurz, die Ohrläppchen geschmückt mit zwei kleinen Perlen.

„Aber Sie kleidet sich sehr bunt, du weißt, das ist nicht mein Geschmack."

Jasmin hatten die Arbeit und die Warmherzigkeit der Kollegen gefallen. Was könnte sie noch erzählen, das unverfänglich wäre? Was war sonst noch zu berichten? Von der Stadt mit den alten gepflegten Häusern entlang der Tauber und den schmalen natursteingepflasterten Gassen, die alle auf den Marktplatz führten und in denen man die Geräusche ihrer Bewohner hörte, leise melodiöse Stimmen, begleitet vom Geklapper der hohen Frauenabsätze. Man fühlte sich wohl in diesem Theater mit verschiedenen Bühnen.

„Wertheim ist eine wunderschöne Stadt, wie eine gemaltes Stück Leinwand, ein Bild der Antike", erzählte sie Emma, die gerade den letzten Löffel Suppe aß.

Andererseits wollte Jasmin an diesem Abend mit Emma auch über etwas anderes sprechen, auch wenn sie Angst davor hatte. Die Ängste, die sie quälten, hinderten sie daran, mit ihren Eltern darüber zu reden. In deren Augen verloren zu haben, ihre hysterischen Reaktionen hören zu müssen, begleitet von verletzenden Bemerkungen mit dem Effekt einer Rasierklinge. Sie hatte Angst vor dem Vorwurf, unmoralisch zu sein. Furcht vor den Blicken, kalt wie Glas, und vor dem unangenehmen Gerede. Sorge, ein uneheliches Kind zu haben. Sie wünschte, dass dieses Lebewesen von alleine verschwinden würde, dieses unbekannte Wesen, das sich ungefragt das Recht nahm, in ihr zu leben. Jasmin war mutlos und wollte allein sein, weit weg, verborgen vor den Menschen. In einem dunklen Zimmer, in dem das Licht keine Chance hatte, einzudringen.

Sie brauchte dringend Hilfe, um sich befreien zu können von den Qualen, die sie mit dem Wunsch, alleine zu sein pflegte.

Deswegen war sie hier in diese fremde und weit entfernte Praxis gekommen. Zwischen den grauen Betonplattenbauten war keine Menschenseele zu sehen und zu hören gewesen. Ziel war Abtreibung in Anonymität. Es schien, als hätte sie mit diesem Schritt viele moralische Prinzipiengeopfert.

Nachdem Jasmin den Esstisch abgewischt hatte und in Richtung Küche ging, wünschte sich Emma eine Tasse Kamillentee mit einem Löffel Honig, ließ sich währenddessen in ihrem Sessel mit dem braunen Cordbezug nieder.

Das Esszimmer war geräumig, der Tisch und die mit Samt bezogenen Stühle aus Kirschholz im Kolonialstil mit wunderbar fein angedeuteter handwerklicher Linienführung. Ein Bronzekreuz an der weiß gestrichenen Wand und gegenüber ein Madonnenbild, ein altes Gemälde – eine Galerie aus Farben, geschenkt zu Emmas siebzigsten Geburtstag von Pfarrer Hermann, der jetzt einer anderen Welt angehörte. Er, der Bruder ihres im Zweiten Weltkrieg als vermisst geltenden Mannes, hatte damals eine religiöse

Atmosphäre bei Familie Weissenhut geschaffen. Immer, wenn die Familienmitglieder zusammentrafen, ob Jasmin, ihre Eltern, Emma, der Onkel mit Familie oder
auch Familienfreunde, egal, ob bei Mittag-
oder Abendessen, streiften alle Blicke die
schöne lebendige Madonna.

Einmal hatte Herr Oskar, Parteifreund von
Jasmins Vater Friedrich, seinen Eindruck
dazu geäußert: „Sie wirkt auf mich wie eine
mächtige göttliche Gestalt."

Emma schloss und öffnete ihre müden Augenlider ganz langsam, ohne bestimmten
Rhythmus und ließ die Arme nach unten
hängen. Ihre Gesichtshaut und die ihrer
Hände war faltig und gelb wie die Schale
einer Zitrone. Müde Haut mit dicken Venen
auf den schmalen Handrücken, graue Haare
und wässrig-blaue Augen spiegelten ihre
siebenundsiebzig Jahre wider. Wie sie so
dasaß, war sie einem müden Engel nicht
unähnlich, einem Engel, der, wie auch immer, ein wenig Ruhe genoss, sich mit Energie auflud und auf den warmen, mit Honig
gesüßten Tee wartete.

Durch die geöffnete Küchentür waren das
Blubbern des Wasserkochers und zuletzt
das Klacken des Schalters zu hören. Jasmin
rührte sich noch nicht. Mit dem rechten Arm
auf der steinernen Küchenplatte abgestützt,
das Kinn auf dem Handteller der linken
Hand ruhend, überlegte sie, wie sie das Ge-

spräch beginnen sollte. Ein Gedanke, der sie schon die ganze Woche quälte.

Emma hatte sich mittlerweile bequem in einen großen Schal mit Blumenmuster gekuschelt, den sie selbst aus Kaschmirwolle gestrickt hatte, und schnarchte leise.

Jasmin drückte den Lichtschalter und rief leise nach Emma. Diese hob träge die Augenlider und blickte in Richtung Enkelin. Jasmin fragte, ob die Großmutter ihren Tee trinken oder lieber ins Bett gehen möchte, reichte Emma dann den Tee und nahm an ihrer Seite Platz. Nachdem Emma zwei Schluck Tee getrunken hatte, zauderte Jasmin immer noch.

Der Regen draußen hatte nicht aufgehört. Sie lauschten dem leisen Klappern der schweren Jalousien der „Villa Martha". Das Haus von Jasmins Großmutter lag auf der Kuppe eines Hügels, etwas abseits von den anderen Häusern. Der Sitz der Familie Weissenhut war jetzt von zwei Frauen bewohnt, die in völlig verschiedenen Welten lebten.

Jasmin war kalt. Anstatt des leichten Sommerkleides schien sie Eiswürfel zu tragen. Sie wollte Emma von ihrer Last erzählen, dem Schmerz, der sie marterte, mit Tränen in den Augen, die Finger nacheinander knackend, als ob sie sie brechen wolle, als ob sie überflüssig wären wie störende Zweige von Bäumen, die über die Straße hängen.

Emma nahm zwei Schluck Tee aus ihrer schwarz gepunkteten Porzellantasse und merkte, dass mit Jasmin etwas nicht stimmte.

Jasmins Mund war trocken, sie wollte auch Tee trinken, heiß und ungesüßt. Sie versuchte, sich etwas zu entspannen. „Ich kann das, was du nicht von mir erwartet hast, nicht leugnen."

Emma richtete die Augen nach oben, als ob sie ihre eigene gerunzelte Stirn sehen wollte.

Jasmin erhob sich schnell von ihrem Stuhl und wollte gehen.

„Wo willst du hin, Jasmin?"

„Ich möchte mir einen Tee kochen."

„Reiß dich zusammen, bleib hier, und sag, was los ist!"

„Du kannst es dir ungefähr vorstellen."

Emma beugte sich nach vorn und stellte die Tasse auf dem kleinen Tisch ab.

„Was heißt das?", fragte sie in genervtem Ton, „deine Rätsel verstehe ich nicht."

Jasmins sorgenvolles Gesicht nahm einen leicht roten Schimmer an, sie wandte den Blick ab, um nichts mehr von sich zu zeigen, strich aber ungewollt kurz über ihren Bauch.

„Heißt das, dass du …"

„Ja!"

Nach Jasmins Ankündigung herrschte lange Schweigen im Raum. Emma lehnte sich mit verkniffenen Mundwinkeln zurück, als hätte sie einen kurzen epileptischen Anfall erlitten. Erstaunt, entsetzt, mit ungewöhnlich weit aufgerissenen Augen starrte sie Jasmin an. Jasmin schien ihr wie ein Luftballon zu sein, der hin und her geweht wird und dann in einer Masse aus Schlamm landet. Sie versucht, wie eine Holzpuppe, halb versunken, mit gebrochenen Fingern und aufgeschürften Händen, kriechend, sich selbst zu befreien, verschwitzt und durchnässt von Tränen der Hilflosigkeit.

Jasmin blickte Emma an und merkte, was sie angerichtet hatte.

„Ich weiß nicht, wie ich mich verhalten soll.", unterbrach sie Emmas Verwirrung und vertiefte unabsichtlich deren Panik.

Emma kam zu sich. „Wieso?"

„Weil es zu früh ist, ich habe ganz andere Ziele im Leben." Gedanken an eine Abtreibung ließen Emmas Knie zittern und beschleunigten ihren Atem.

„Da ist kein Unterschied zu einer kriminellen Handlung", äußerte Emma leise, als sie Jasmins Gedanken erraten hatte. Sie hegte die Befürchtung, ihre Enkelin sei auf Abwege geraten und fühlte sich sowohl der Moral als auch ihrer Seele verpflichtet, Jasmin vor diesem Schicksal zu bewahren.

„Es ist nur ein winziger Punkt und mehr nicht", war Jasmins einziger erleichternder Gedanke, der den Lederzügel der Kreatur

Angst, die sie auf einem ihrer Bilder mit den Gesichtszügen eines Pferdes gemalt hatte und die an ihrem erstarrten Herz festgebunden war, lockerte.

Als Emma die Teetasse geleert hatte, wandte sie sich an Jasmin. „Es gibt nichts Wunderbareres, als ein Geschenk Gottes in sich zu tragen."

Diese Antwort befreite Jasmin nicht von den Gedanken an den Tag, an dem sie die Praxis betreten hatte.

Wie sie erwartet hatte, war es schwierig, eine gläubige Christin von einer anderen Meinung zu überzeugen. Wieso, fragte sie sich, wieso hatte sie diesen Schmerz nicht für sich behalten, bis eine Vereinbarung zwischen ihr und Dr. Pela getroffen war.

Emma beugte ihren Oberkörper immer weiter nach vorn, sie war im Sessel versunken, streckte die Hand in Richtung des kleinen beweglichen Tischchens aus, stellte die Teetasse, die sie zuvor wieder genommen hatte, ab und lehnte sich mit einem lauten Seufzer wieder zurück. Vorsichtig erkundigte sie sich: „Ist es so schlimm für eine junge Frau in deinem Alter, ein Kind zu haben?"

„Du sagst das so einfach!"

„Ich sage das, weil es so ist!"

„Es wäre ein großer Fehler, für den ich mein ganzes Leben lang bezahlen müsste. Sage mir bitte, wie könnte ich diesen Weg einschlagen, auf den ich nicht vorbereitet bin!"

Emma warf Jasmin einen prüfenden Blick zu. „Ich denke anders darüber. Es wäre eine Missachtung unseres Glaubens, wenn du ... " Sie hielt inne, als wolle sie den Lärm, den sie mit einmal spürte, weg scheuchen. „...das Recht eines Wesens auf Leben, das morgen eine Persönlichkeit ist, zerstörst."

Vor allem kannte Emma die Risiken einer Abtreibung, auch wenn es sich nur um einen Zellklumpen handelte.

Emma schwieg, nicht weil sie sich nichts mehr zu sagen hatten, sondern, weil Jasmin jetzt ihren Kopf in die Hände stützte und leise weinte.

Als im Esszimmer Stille eingekehrt war, beharrte Emma auf einer Antwort. „Ich möchte es wissen!"

Jasmin antwortete bedrückt: „Ich werde dir auf jeden Fall meine Entscheidung mitteilen."

„Wie bitte?"

Aus Jasmins Mund kam kein Ton, in ihren Augen, immer noch voller Tränen, und noch tiefer in ihrem Herz hing anstatt eines schönen blauen Himmels grauer Nebel, wie an einem feuchten Novembertag tief in den Baumkronen und sogar bis in die Wasser des Rheins.

Emma wollte wissen, wer der Erzeuger war. Es verlangte sie nach Einzelheiten. Unterdessen ruhte ihr kluger Blick müde und mitleidig auf Jasmin, die sich diesmal nicht aus dem Gleichgewicht bringen ließ.

Sie war im Rhythmus schläfriger Phantasien, mit den Fähigkeiten eines müden Poeten in einer langen Nacht, der während des Trinkens an einem vergessenen Tisch in einer Ecke des kleinen Lokals, das er immer besuchte, gesessen hatte.

In ruhigem bestimmten Ton, es war kaum Nervosität zu spüren, erfand sie eine Geschichte. Verschwieg den Lärm einer vergangenen Nacht, einer Nacht, in der sie sich allein und verlassen gefühlt hatte, einer Nacht, in der die Lust stärker als die Vernunft gewesen war. Glaubwürdige theatrale Phrasen: „Wir sind uns in einem Konzert zufällig begegnet."

Emma fragte nicht weiter. Sie erhob sich schwerfällig aus ihrem Sessel. Hinkend und sich am Stock festhaltend, um ihre eigene körperliche Schwäche nicht zu spüren, schritt sie in Richtung Kerzen, pustete deren schwache Flammen aus, die durch das große eingeschaltete Neonlicht jetzt überflüssig waren. In ihrer Verwirrung murmelte sie: „Für heute sind wir fertig, und wage es nicht, unüberlegte Schritte zu unternehmen!" Arthritisch gebeugt verschwand sie mit einem „Gute Nacht" in Richtung ihres Zimmers, das auf derselben Etage wie Jasmins lag.

Das Gespräch mit Jasmin lag Emma wie ein Stück Holz im Magen und ließ sie innerlich bluten. Die ganzen Tage bis zu Jasmins Entscheidung nahmen ihre quälenden Nächte kein Ende. Sie hatte beängstigende Träume, die sich mit Erlebnissen der Vergangenheit vermischten. Sie sah Gesichter, die sie nicht kannte, wie das von Dr. Pela mit dem Aussehen einer Echse, faltig und schmutzig mit einem langen einzelnen Zahn, der aus dem zahnlosen Mund ragte.

Dr. Pela, eine Stricknadel mit den Händen fest umklammernd. Er kam ganz nah an Emma heran, so nah, dass sie seinen schlechten Atem roch, der aus der Tiefe des Bauches kam und ihr Übelkeit verursachte. Die rechte Hand mit der blutigen Stricknadel bewegte er hin und her, als ob sie elektrisch geladen wäre. Mit höhnischem Grinsen sagte er: „Du mit deinem Glauben verhinderst diese Abtreibung nicht!" Später hüpfte und drehte sich Pela wie ein Zirkusartist, jetzt mit sauberen Händen, ohne Blut und Stricknadel, schlug sie aneinander, als ob er in einem Theaterstück Beifall klatschte. Danach vertauschte er sein Artistenkostüm mit der Robe eines Richters und trug in den Händen anstatt der Tatwaffe eine Waage – das Symbol der Gerechtigkeit.

Geduckt, mit ängstlichen Augen und wirrem Haar stierte sie ihn an. Starr und erschreckt fixierte sie, steif wie ein Stück Marmor, ihren Blick an die Decke. In dieser Verfassung verbrachte Emma Stunden in ihrem Bett. Eisblöcke, älter als ein halbes Jahrhundert, begannen, sich zu bewegen, zu schmelzen, erinnerten Emma an das Entsetzen. Mit Sand gefüllte Säcke und andere Schutzmaßnahmen verhinderten nicht den Lauf des Wassers der Vergangenheit.

Ein kleines Mädchen, in einem Kleid aus dünnem Stoff bis zu den Knien, das durch häufiges Tragen eine schmutzige, gelblich-milchige Farbe angenommen hatte. An den Füßen Sandalen aus Gummi, aus Autoreifen gemacht vom Bruder der Mutter, der die Stelle der Eltern übernommen hatte, die seiner an Tuberkulose gestorbenen Schwester und die des anonymen Erzeugers. Sieben Tage die Woche reparierte er die Schuhe der Leute, verdiente den Lebensunterhalt für sich und das kleine Mädchen.

In der Nacht war feiner Frühlingsregen gefallen, der am nächsten Tag dem Himmel ein helles Blau verlieh. Am Morgen klopfte die kleine Emma an eine Tür, die sich von alleine öffnete. Die Tür war sehr stabil und konnte normalerweise nicht vom Klopfen eines Kindes geöffnet werden. „Hallo, ist jemand da?" rief Emma, schritt durch die Tür und rief nochmals. „Frau Magdalena, ich habe die reparierten Schuhe mitgebracht!" Sie bekam keine Antwort, hörte nur ein seltsam gedämpftes Geräusch, das gleich wieder verstummte, wie eine aushauchende Seele. Das Mädchen schritt in den engen mit Sandsteinplatten ausgelegten Flur mit niedriger Decke, ging in die Richtung, aus der das Geräusch kam. „Frau Magdalena?", rief sie noch einmal und versuchte, die Tür auf ihrer linken Seite zu öffnen. Eine sehr alte Türe mit Rissen im Holz, durch die man in den dahinter liegenden Raum sehen konnte. Es schien, als ob der Raum schon lange Zeit nicht mehr genutzt wurde. Er war nicht von Menschen bewohnt worden, sondern von Hühnern und Schweinen, an Wänden und Boden überall mit deren Fäkalien bespritzt. Die Kleine drückte nochmals gegen die angelehnte Tür ohne Klinke. Sie ging nicht auf. Ganz behutsam stellte sie die Schuhe auf den Boden und nahm Schwung, um die Tür aufzudrücken. Die Kleine stürzte zusammen mit der Türe in den Raum. Ängstlich und verwirrt stand sie auf, ohne ihre Umgebung wahrzunehmen, holte die Schuhe, drückte sie weinend fest an ihre magere kleine Brust und schritt zögernd zurück in den Raum. „Frau Magdalena, ich habe die reparierten Schuhe zurückgebracht", rief sie, als sie plötzlich die nackte Frau mit gespreizten blutigen Beinen in der steinernen Wanne liegen sah.

Den ganzen Weg nach Hause hatte das weinende Mädchen dieses Bild des Schreckens vor ihren Augen.

Unbemerkt von ihrem Onkel gelangte sie durch die Hintertür über die knarrende Holztreppe in ihr Zimmer. Weinend kroch Emma in ihr Bett und schlief darüber ein.

Nachdem Onkel Fritz von dem kleinen Mädchen benachrichtigt worden war, eilte er zu Frau Magdalena.

Er konnte die Tür nicht öffnen, und aus dem Inneren des Hauses bekam er keine Antwort. Aber eine schroffe männliche Tabakstimme rief an ihm vorbei: „Clementine oder Magdalena oder wie auch immer die Frauen dieser Sorte genannt werden lebt nicht mehr. Sie ist entsorgt worden.‟

Der Onkel stellte keine Frage über das Motiv, weil die kleine Emma ihm ihr Erlebnis bereits bis ins kleinste Detail geschildert hatte.

Während das Mädchen von einer nackten Frau mit weit auf gerissenen Augen erzählt hatte, weinte und zitterte es.

Die Frau hatte versucht, das Kind in ihr in einem steinernen Schweinetrog mit einer Stricknadel, mit der sie gezielt in ihr Sexualorgan stach, zu beschädigen und es zu verlieren. Dabei verursachte sie eine Hämorrhagie, die den Tod brachte. "Ein schrecklicher Tod", waren die Worte des Arztes bei der Obduktion. Zu dieser Zeit gab es solche Fälle häufig. Manche Frauen aßen nicht, bis sie umfielen, andere schlugen sich mit den Fäusten fest auf den Bauch oder schnürten ihn mit dem Gürtel ab. Es gab viele Versuche, um den Krallen der Armut zu entgehen und nicht als unmoralisch abgestempelt zu werden, wie die

Frauen, die in jeder Ecke einen Bastard geboren hatten. Zu einer Zeit, als die Kinder am Straßenrand stehen gelassen wurden, wie Kohlenhändler ihre Holzkarren abstellten. Eine Zeit, in der die Männer die Knute in der Hand hielten und andere wiederum gefüllte Ledertaschen voller Geschenke und Geld hatten. Frauen verkauften ihren Körper für ein Stück Brot wie die Bauern ihre Ware auf dem Markt.

Frau Magdalenas Abwesenheit war schnell zu spüren wegen der nicht eingehaltenen Verabredungen mit den besessenen Männern, die bei ihr ihre banalen Phantasien auslebten, aber jetzt keinen Anlass mehr hatten, an ihre Tür zu klopfen. Männer unterschiedlichster Kategorien der Gesellschaft, die eines gemeinsam hatten: ein Vermögen, das ihre Wünsche erfüllte, ihr finanzielles Leben in Ordnung hielt und ihre Perversionen. Männer, im Netz ihrer Lust gefangen, bezirzt von Frau Magdalena mit ihrem warmen dünnen Körper voller Begierde.

Seit dem Tag von Frau Magdalenas Beerdigung, an dem Emma an ihrer Tür jemand anderen gesehen hatte, eine Frau, die Ähnlichkeit mit der Verstorbenen besaß und auch Magdalena hieß, waren viele Jahre vergangen und viele Dinge geschehen – wie der schreckliche Tod ihres Onkels, ein vorhersehbarer Tod auf dem Plumpsklo, vergiftet mit selbst gebranntem Kartoffelschnaps, oder die Begegnung mit ihrem Mann, ihrer einzigen Liebe.

Emma fühlte sich niedergeschlagen, sprach nicht, als sei sie nicht anwesend. Vorhanden wie ein Möbelstück oder ein Portrait an der Wand verbrachte sie ihre langen Tage. Die einzige Hilfe in dieser Zeit, Medizin für die Seele, war das Gebet.

Während Jasmin am nächsten Tag am geöffneten Fenster ihres Schlafzimmers frische Luft schnappte, um das Fieber zu löschen, das sie durch den großen Druck, eine Entscheidung treffen zu müssen, auf ihrem Gesicht und im ganzen Körper spürte, bemerkte sie einen kleinen schwachen Lichtschein unten im Garten neben dem steinernen Bild, zwischen den Akazien mit ihren langen herabhängenden Zweigen, und einen menschlichen Schatten, der sich zwischen den Bäumen auflöste.

Emma hatte ihren schwarzen Schal genommen, ihn über den Kopf gelegt und eine Kerze aus dem Schrank geholt. Mit der Behändigkeit einer jungen Frau stieg sie die breiten marmornen Stufen der Villa hinunter, schritt in den Garten, in Richtung der Heiligen aus Stein, einer hundert Jahre alten Bildhauerkunst, aufgestellt in einer Nische. Die einzige Erinnerung, die vom letzten Treffen mit ihrem Mann geblieben war.

Emma zündete die Kerze an, nachdem sie ihr Kreuz gemacht hatte, faltete die Hände vor der Brust und beugte sich nach vorn. Einen kurzen Augenblick verstummte das Zwitschern der Vögel. Sie betete: „Heilige Madonna, bitte für uns unschuldige Wesen, die Opfer der Unvernunft!" Ihre dünne leise

Stimme klang bedrückt und traurig. „Lieber Gott, ihre Seele ist befallen vom Gedanken, eine Sünde zu begehen. Sie sagte mir, dass ich sie in Ruhe lassen solle. Ich will ihr doch nur helfen, mehr will ich nicht."

Während Emma vor der Madonna betete, schien ihr, als ob eine Stimme zu ihr spräche: „Was geschehen soll, wird geschehen!" Die Stimme tönte von weit her, nicht klar, sondern gedämpft, als ob sie aus dem Putz der Wände ihres Zimmers käme und sie bis hierher verfolgte.

Emma verschwand wieder zwischen den Bäumen; es dauerte nicht lange, bis das Schlagen der Haustür zu hören war.

Jasmin registrierte Emmas Schnaufen auf der Treppe. „Die Arme!", seufzte sie, als sie merkte, wie ihre Großmutter angestrengt die Treppe hinauf stieg.

Später erschien Emma die Stimme in ihren Träumen, erschreckte sie, lärmte in den Ohren. Da Emma die Stimme nicht identifizieren konnte, war sie überzeugt, sie stamme nicht aus dieser Welt. Die Seele eines Verstorbenen, der keine Ruhe fand und Emma quälte.

Einige Nächte später sah sie im Traum ihren Onkel, ohne Gesicht und Hände. Wie ein Schatten stand er am Ende eines Stegs mitten im Meer. Der Weg war voller Steine, bespritzt mit menschlichen Exkrementen, die Emma daran hinderten, zu ihm zu gelangen.

„Onkel, ich habe eine große Sorge."

Er blickte sie lange an und plötzlich waren die verschmutzten Steine verschwunden.

Jasmins Ruf „Oma, lass uns frühstücken!" weckte sie, und die Erinnerung an den Traum verblasste, sobald sie ihr Schlafzimmer verlassen hatte. Aber ein bitterer Geschmack, der sie den ganzen Traum über begleitete, blieb und verursachte schlechte Laune. An diesem frühen Morgen, als sie zusammen spazieren gingen, sagte Emma: „Lies die Bibel, weil du dort die richtige Antwort finden wirst! Unsinnig, deine Erziehung über Bord zu werfen! Kannst du dir vorstellen, was das für dich und für uns alle bedeutet?"

„Bitte, lass das!" Jasmins Stimme hatte keine Farbe und klang kratzig. „Ich habe dir bereits gesagt und wiederhole es noch einmal: Ich habe mich noch nicht entschieden. Ist das nicht deutlich genug?"

„Das ist nicht das ist, was ich von dir hören möchte!"

Auf Jasmins Stirn bildete sich eine tiefe Falte. Sie hatte nicht damit gerechnet, in dieser zornigen Stimmung einen Spaziergang zu machen, blickte in die Ferne, den Blick auf das Ende des geschotterten Waldweges gerichtet.

„Du betest nicht mehr, und es ist sehr leicht, von seinem Glauben abzukommen. Willst du zu diesen Gottlosen gehören, zu diesen Teufelsanbetern?"

Jasmins Gründe, das Kind abtreiben zu wollen, waren in moralischer Hinsicht banal, davon war Emma überzeugt. Sie wollte nicht zulassen, dass dies geschieht.

Emma hatte eine neue Seite von sich gezeigt. Unerwartet für Jasmin, diese keifenden Worte. „Das muss anders werden!", Emmas Haut war trüb gelb, die Mimik unbeweglich wie ein Schildkrötenpanzer.

„Ich möchte dieses Gespräch beenden!"

„Ich mache mir Sorgen, und ich will dir helfen, so gut ich kann." Jasmin versuchte so gut es ging, Emmas Sorge zu verstehen. Sie warf ihr einen forschenden Blick zu, um mehr zu sehen, ein lachendes Gesicht, die lustige Emma, die sie kannte. Emma, die Märchen- und Geschichtenerzählerin, Interpretin von Einwandererliedern und gleichzeitig gute Liedermacherin. Die Emma, die Lieder im engsten Familienkreis gesungen hatte, fleißig beim Stricken war, ein Mensch, der Wärme und Liebe schenkte, Ruhe ausstrahlte. Andererseits aber auch ein Mensch, der streng und konservativ war, einer alten Generation angehörte, die durch Armut und die Blähungen der Herrschenden nach zwei großen Kriegen ausgebrannt war. Eine Generation, die ihr Gotteshaus wie ein Fenster des Himmels sah und nicht nur als einen Ort der Gebete, wie ein Stück der Sonne, das Wärme brachte in die schmerzenden Seelen, auf die nackten leidenden Körper, barfuß, voller Wunden, auf der schlammigen Kreuzung der Ungewissheit des Lebens. Auch wenn diese Jahre längst vergangen waren und sie diesen Brunnen der Erinnerung zurückgelassen hatten, nicht mehr tief, aber auch noch nicht ausgetrocknet.

Jasmin fühlte sich überfordert von der ganzen Situation. Sie stellte fest, dass es ihr besser ging, wenn sie alles verdrängte; zwischen ihr und Emma gab es dann sogar entspannte Momente, in denen sie lachen und miteinander Gitarre spielen konnten. Diese schönen Momente kippten schnell, sobald Emma anfing, wieder darüber zu sprechen. Jasmin hörte nur zu und gab keine Antwort, bis es ihr zu viel wurde; dann ging sie, schloss sich stundenlang in ihrem Zimmer ein und kam erst wieder heraus, wenn Emma sie darum bat und versprach, nicht mehr davon zu reden.

Kontakt mit Jasmins Eltern aufzunehmen, lag Simone Pela sehr am Herzen, da der Doktor für Abtreibung war und er diesen Wunsch nicht nur in Jasmins Augen, sondern in ihrem ganzem von Verzweiflung gepuderten Gesicht gesehen hatte.

Simone Pela hatte nach Jasmins erstem Besuch viele Telefonate in ihrem Bekanntenkreis getätigt und genug Zeit gehabt, um Informationen über die Familie Weissenhut einzuholen. Eines Nachmittags parkte sie ihr Auto gegenüber der Villa am Straßenrand.

Das Grundstück war umgeben von einem hohen schwarzen Eisenzaun, auf den leicht nach gekochten Zimtstangen duftende Akazienzweige herabhingen, weit weg vom Lärm der Stadt mit ihrem alles überragenden kunstvollen Dom. Simone Pela war beeindruckt von der Architektur dieses Hauses mit seiner Barockfassade, heutzutage nur mit enormem Vermögen zu bauen, leider nicht mit ihrem Einkommen. Es gab aber keinen Grund, sich zu beklagen, denn der Gewinn, den die Praxis abwarf, sicherte ihnen einen gehobenen Lebensstandard. Ihr gefiel einfach alles, was sie sah: die hohen Säulen aus Sandstein am Eingang, die einen kleinen Balkon mit Bronzegeländer tru-

gen, die Steintreppe aus Granit in Meeres-
blau, einem ähnlichen Blau wie das der
Fensterrahmen. Ein großer gepflegter Ra-
sen, in jeder Ecke heimische Blumen, rote
Rosen, blaue und weiße Lilien. All das
schien die Villa zu verzaubern.

Mit der Hoffnung, jemanden aus der Familie
anzutreffen, ihn darüber informieren zu
können, was die junge Frau vorhatte, stand
sie vor der Tür, hatte aber keinen Mut, zu
läuten. Zwecklos, noch länger zu warten,
niemand ließ sich blicken. Ihre Bemühungen, telefonisch Kontakt mit Christine, Jasmins Mutter, aufzunehmen, waren ebenfalls
erfolglos gewesen.

Nachdem sie von Emma bei einem Anruf
erfahren hatte, dass sich Christine momentan im Ausland aufhielt und niemand genau
wusste, wann sie zurückkäme, stellte sich
Simone Pela als eine Bekannte ihrer
Schwiegertochter vor. Dabei erfuhr sie,
dass sich auch Friedrich, Emmas Sohn und
Jasmins Vater, nicht in Deutschland befand.

Der Grund für die Bemühungen, Kontakt zu
Christine herzustellen, war klar. Eine mögliche Gegenleistung der Patientin nach der
Abtreibung wäre eine kleine Affäre mit ihrem Mann. Nur formulierte sie es anders,
um es auch selbst glauben zu können. Sie
wollte eine falsche Entscheidung von Jasmin
verhindern. Gesundheitliche und psychische
Folgen einer illegalen Abtreibung waren sel-

ten abzusehen. Außerdem hatte Simone Pela jetzt die Möglichkeit, anerkannt zu werden, Fremden zu zeigen, wer sie war, ihr „gutes Herz" zu präsentieren, ihre Bereitschaft, anderen zu helfen. Ihr kam der Gedanke, an der ihr fremden Universität in Australien, an der Christine arbeitete, anzurufen. Eine blendende Idee, sich so mutig zu trauen, ohne die Konsequenzen einzukalkulieren, wenn Jasmins Mutter ihre Nachricht als Belästigung empfinden würde. Natürlich kannte sie Christine nicht persönlich, aber deren schöne Tochter, von der sie annahm, dass sie die Schönheit von der Mutter geerbt hatte. Man sagte, Christine sei eine sehr attraktive Frau, eine der attraktivsten Professorinnen der Universität, mit einem besonderen Charme wegen ihrer blauen Augen, einem Anblick wie eine Jasminblüte, und einer sympathischen und glaubwürdigen Stimme. Alles an ihr sei beeindruckend und faszinierend. Außerdem habe sie ein großes Herz für leidende Menschen und unterstütze schon lange finanziell Hilfsorganisationen mit Projekten für HIV-Infizierte.

Seit der Berufung ihres Mannes auf einen neuen Posten, beteiligte sie sich an einem großen Projekt, zusammen mit Professoren verschiedener Länder, versammelt an einer der größten Universitäten Sydneys. Sie forschten nach einem Medikament, um Leben zu verlängern und immun gegen diese teuflische Krankheit zu machen, mit der sich jedes Jahr Tausende von Menschen infizierten. Von Zeit zu Zeit ruhte dieses Projekt, es war abhängig von Fleiß und Interesse der großen Pharmakonzerne, die dieses Projekt förderten.

Simone Pela gab sich keine Mühe, Friedrichs Telefonnummer herauszufinden, sie war sicher, das Gespräch mit Christine sei effektiver. Sie fand ihre Nummer, rief dann aber doch nicht an.

Simone Pelas Veränderung war nicht zu übersehen: Sie traf Entscheidungen, die ihrem Mann nicht gefielen.

Marino Pela war geizig, wenn es um Investitionen für die Praxis ging. Er blieb seinen Prinzipien treu, all die Zeit, die sie zusammen lebten, bis zum mutigen Alleingang seiner Frau.

Sie stellte die ganze Praxis auf den Kopf. In Rekordzeit wurden Firmen engagiert, die jede renovierungsbedürftige Ecke in Angriff nahmen, angefangen bei der Fassade mit abgeplatztem Putz bis hin zu den Fenstern und der Eingangstür. Der Flur wurde weiß gestrichen, an die Wände hängte sie eigenhändig Bilder mit den Stadien einer Schwangerschaft und fett gedruckten medizinischen Ratschlägen. In jede Ecke platzierte sie Pflanzen, ließ Kabel für eine Musikanlage verlegen; überall im Flur und im Wartezimmer ertönte klassische Musik. Im Wartezimmer wurden neue gepolsterte Stühle aufgestellt, in der Mitte ein viereckiger grauer Tisch, auf dem medizinische und andere Arten von Illustrierten auslagen. Links vom Wartezimmer wurde eine neue Garderobe aus Stahl und mit integriertem Schirmständer eingerichtet. Ebenso neu war der Korallensteinbrunnen, der für ein gutes Raumklima sorgen sollte. Nachdem die Arbeiten erfolgreich abgeschlossen waren, sagte Simone Pela: „Wir denken an das Wohl der schwangeren Frauen!" In den Untersuchungszimmern hingen nun Bilder mit bunten Blumenmotiven, wie sie gerade in Mode waren. Das Zimmer, in dem Jasmin untersucht worden war, schmückte das Gemälde eines alten Gartens mit einem Wasserbassin in der Mitte, blühenden Beeten mit vielfarbigen Tulpen unter einem weiß getünchten Bogengang, mit Orangenbäumen, Veilchen und Kräutern. Ein anderes Bild, „Die Drei-Bogen-Brücke in der Regenzeit", zeigte ein kleines Mädchen im Sturm, das versuchte, mit der einen Hand seinen Regenschirm festzuhalten und mit der anderen ihr Kleid, das vom Wind in die Höhe geweht wurde, nach unten zu ziehen. Bilder dieser Art waren leicht auf Flohmärkten zu finden, Imitationen großer Maler, die nicht viel kosteten, ohne Namen des Künstlers, nur mit einer unleserlichen Signatur, die eher einem Schnörkel ähnelte. Die Patientenliegen, die ältesten Einrichtungsgegenstände der Praxis, wurden ebenfalls ausgetauscht. Einzig die medizinischen Geräte wurden nicht erneuert. Sie entsprachen den modernsten Anforderungen, außerdem fielen sie nicht in ihren Kompetenzbereich.

All dies wurde innerhalb einer Woche durchgezogen, ohne die Praxis zu schließen. Es wurde nach der normalen Sprechstundenzeit gearbeitet, was die Kosten massiv erhöhte.

Simone Pela ließ sich neu stylen. Ihre langen glanzlosen hochgesteckten Haare ließ sie abschneiden und rot färben, die Lippen wurden in einem zarten Rosenholz-Ton geschminkt, um den Hals trug sie ihren teuersten Schmuck, eine lange zweimal geschlungene weißgoldene Kette. Die Nägel ließ sie in einem Nagelstudio verlängern und später dort alle vierzehn Tage erneuern, dazu kam auch regelmäßig Pediküre. Die Augen betonte sie mit einem kräftigen blauen Lidschatten.

Sie wirkte, als käme sie aus einem Farbkasten, geschminkt und parfümiert, als wäre sie verliebt in einen Kurschatten und hätte sich als Zeichen der neuen Liebe von Kopf bis Fuß verändert.

In Pela keimte Nervosität auf. Er schnalzte mit der Zunge, knurrte wie ein verzweifelter machtloser Kater, fühlte sich wie ein Plüschtier, festgenagelt an der Wand. Aber er unterdrückte diese Gefühle, weil er wusste, ihr gemeinsames Konto würde diese Investitionen aushalten.

Die Mitarbeiterinnen der Praxis anerkannten und lobten Simone Pelas Neuerungen. Das tat ihr gut – ebenso wie der erfreute Gesichtsausdruck der Patientinnen.

Privatpatienten suchten selten diese Praxis auf, die zwischen fünfstöckigen Betonbauten stand – bewohnt von Familien auf niedrigem sozialem Niveau, armen Familien, getroffen vom Schicksal oder dem Krebsgeschwür Arbeitslosigkeit, das das System zu ersticken drohte. Kinderreiche Familien ohne Zukunft, die auf die Hilfe des Staates angewiesen waren. Außer dieser Patienten-Kategorie kamen manchmal Schülerinnen, reiche Töchter, die unvorsichtig gewesen waren, sehr früh Neugier gezeigt hatten, den verbotenen Apfel der Liebe zu probieren, nun in Panik waren und Angst hatten, schwanger zu sein. Junge Mädchen, die Simone Pela ein Dorn im Auge waren. „Es ist unser Ziel", hatte sie geantwortet, als nach dem Grund für die plötzlichen Neuerungen in der Praxis gefragt wurde, „mehr Privatpatienten anzuziehen." Ohne viel Worte zu verlieren, sagte sie klar: „Das beweist dann auch Dr. Pelas guten Ruf, seine Professionalität. Wir dürfen nicht vergessen, dass es in seiner Karriere in dieser Praxis bis jetzt keine einzige Abtreibung gegeben hat, obwohl das mehrfach gewünscht worden war." Sie blickte mit großen Augen aus dem Fenster zu den Betonplattenbauten. „Wenn der Papst diese Botschaft erfahren würde, würde er ihn nach seinem Tod selig sprechen", rezitierte sie.

Niemand wusste, wer diese Worte zuerst ausgesprochen hatte, vielleicht waren es ironische Worte einer der jüngeren Frauen wie Marcella.

Als sie das Wort „selig" in den Mund nahm, brach ihr kalter Schweiß aus. Damals, Anfang April vor zwei Jahren, hatte Simone Pela Marcella an der Praxis vorbei um die Ecke laufen sehen. Trotz ihrer Unsicherheit, ob sie richtig gesehen hatte, fragte sie sofort ihren Mann, was die Frau hier wollte: „Ich habe sie gesehen, sie war bei uns."

Marino reagierte unaufgeregt. „Wen denn?"

„Diese junge Frau ohne Benehmen, Marcella."

„Was soll diese Frage?"

Sie näherte sich ihm, fing an, an ihm zu schnuppern. Er roch wie immer.

„Fang bitte nicht zu spinnen an."

„Was für Spielchen treibst du? Blind bin ich nicht."

„Ich mache mir langsam große Sorgen um dich, so geht das nicht weiter, Simone."

„Ich habe auch allen Grund dazu, mich so zu benehmen."

„Du bildest dir etwas ein."

Sie blickte ihm direkt in die Augen, durch die Begegnung mit Marcella rumorten in ihr Empfindungen, die sie aufwühlten. „Sie hat in meiner Anwesenheit mit dir geflirtet, und du hast ihren manipulierenden Blick erwidert. Erzähl mir, wieso sie hierher kam, Marino! Heute war sie hier."

Alles was er antworten würde, würde Simone so verstehen, als ob er etwas verberge. Deshalb antwortete er nicht.

Pela stieg die Stufen hinauf in sein Arbeitszimmer. Simone ging ins Badezimmer. In der Wohnung herrschte eine seltsame Stille. Er blickte aus dem Fenster auf die Lichter der Hochhäuser. Pela fühlte sich müde, setzte sich in seinen Sessel und streckte die Beine weit von sich und nickte ein. Seine Frau hatte das Bad längst verlassen, die Einkäufe, die sie im Flur abgestellt hatte, aufgeräumt und den Tisch fürs Abendessen gedeckt. „Marino, das Essen ist fertig."

„Fang aber bitte nicht wieder mit deinen Geschichten an." Während des Essens erklärte er: „In der Lage, in der sie sich befindet, reicht die Unterstützung ihrer Familie nicht aus, deswegen verlangte sie wieder etwas von mir, das nicht möglich ist. Etwas, das sie in Gefahr bringen könnte und mich als einen Rechtsverletzter darstellt."

Nach dieser Offenbarung ließ Simones Anspannung nach, erleichtert näherte sie sich ihm und umarmte ihn. „Oh mein lieber Marino."

Sie war gekommen, um wieder von ihm getröstet zu werden. Den lockeren Umgang mit Marcella hatte er ursprünglich gepflegt, um Vertrauen aufzubauen, damit er Hilfe leisten könne für den Fall, dass sie Hilfe bräuchte. Dann fasste er den Beschluss, ihr zu sagen, dass sie seine Hilfe nicht mehr brauche und es genug Beratungsstellen gebe. Als es soweit war, brachte er es doch nicht fertig, weil er ihre frische Jugend begehrte. Er lauschte gerne ihrem koketten Spiel und wartete bis ihre Ausdauer zu Ende war.

Simone Pela versuchte, sich nicht wieder in ihren Gedanken zu verlieren, die sie immer wieder bestürmten und die die schönen Augenblicke des Alltags mit Angstgefühlen belasteten. „Was soll ich dagegen tun?", fragte sie sich. Wenn sie etwas unternehmen würde, würde sie sich nicht besser fühlen, eher noch schlechter. Es waren die aufkeimenden Gefühle einer Frau, die sich von ihrem Mann betrogen fühlte. Vor ihren Augen erschienen ständig Bilder wie in einem Stummfilm, sie sah die Grimassen der Frauen auf der Liege, die sagen wollten „Deine Befürchtungen stimmen nicht". Mit versteckten Blicken und den Ohren eines Luchses assistierte Simone Pela, schrieb wie immer in diesen Fällen die gleiche Diagnose in lateinischer Sprache, für die Patientinnen nicht zu verstehen. „Schwangerschaftseinbildung" oder etwas Ähnliches, jedenfalls eine Diagnose, bei der sie nochmals kommen mussten, so wollte er es. Nach dieser Tätigkeit verließ Simone Pela das Untersuchungszimmer oft mit einer Leere in der Seele, die von niemandem bemerkt wurde. Auf seinem Gesicht spiegelte sich ein warmer Schein von Zufriedenheit, eine Art Erschöpfung, die sie immer bei ihm beobachtet hatte, nachdem sie miteinander geschlafen hatten, was schon so lange her war. Aber sie lag falsch mit ihrem Verdacht, der zweite Termin mit den Patientinnen diente nur seinem Honorar.

Emma wünschte Jasmins ununterbrochene Anwesenheit, nicht nur zu den Mahlzeiten. Sie wollte jeden Moment mit ihr verbringen, wünschte auch ihre Begleitung beim Gottesdienst oder wollte dabei sein, wenn Jasmin in die Stadt ging. Sie machte das aber auf eine Art, dass die Enkelin überzeugt war, die Großmutter mische sich nicht in ihre Angelegenheiten.

Emma befürchtete, der Tag des Ereignisses sei ganz nah, so wie damals, vor siebzig Jahren. Jetzt und heute würde auch Jasmin einen solchen Mord begehen. Emma beschloss – so schwer es ihr auch fiel und sie damit das Vertrauen ihrer Enkelin verlieren würde – das Behandlungszimmer zu betreten, während Jasmin untersucht wurde, um einen kurzen prüfenden Blick auf Pela zu werfen und, wenn er Bereitschaft signalisierte, ein Gespräch mit ihm zu führen. Schon als beide die Praxis betraten, blickte Emma kritisch umher, erforschte den Flur, der nach frischer Farbe roch, als wäre er gestern erst gestrichen worden. Durch die Länge des Flures und das einengende Gefühl, das sie dadurch befiel, erschien er ihr wie ein Bunker tief im Berg, in dem die Menschen sich versteckten, wenn die Sirenen heulten und Angriffe der Alliierten meldeten.

Bilder an den Wänden zeigten ganz deutlich die Entwicklungsphasen des Embryos im Bauch der Mutter. Die alte Frau empfand diese Bilder eher als seltsam und unangenehm.

Als Emma im Wartezimmer auf Jasmin wartete, rutschte sie die ganze Zeit unruhig hin und her wie ein hyperaktives Kind, das keine Geduld hatte, zu warten.

Als Emma die Glastür des Wartezimmers öffnete und in den Flur trat, vergab die Arzthelferin gerade telefonisch neue Termine und notierte sie in einem Kalender. Sie hatte zwar Emmas Unruhe mitbekommen, ließ sich aber nichts anmerken.

Im Flur erklang das Geräusch von Emmas Stock wie die seltsamen rituellen Schläge einer Trommel. Als sie, ohne anzuklopfen, die Türe des Untersuchungszimmers öffnete, lag Jasmin auf der Liege; die Ultraschalluntersuchung war fast beendet. Vorher hatte sie sich nochmals mit Pela über ihre Schwangerschaft unterhalten. Er war schweigsam und sehr zurückhaltend gewesen.

Vor Jasmins Ankunft hatte Simone Pela ihren Mann gebeten, falls diese unbedingt die Abtreibung forderte, zu widersprechen.

„Sie ist noch nicht in der sechsten Woche."

„Aber im Endeffekt bleibt es eine Abtreibung."

Pela hatte sich auf seinen Stuhl gesetzt, ein letztes Mal in die Patientenakte geblickt und sich in Richtung seiner Frau, die gerade die Liege für die Patientin vorbereitete, gedreht. „Die Arme", hatte er geseufzt.

Seine Frau hatte geflüstert: „Du solltest ihr raten, diesen Fall mit ihren Eltern zu besprechen!" Drei Wochen später hatte Pela seine Einstellung gezwungenermaßen geändert. Dabei half ihm, dass es schien, die Patientin hätte sich mit ihrer Schwangerschaft abgefunden.

Ohne das Gespräch weiter zu vertiefen, erklärte Jasmin jetzt: „Ich entscheide mich für das Kind."

Emma trat schweigend ein. Wegen ihres hervorstehenden Buckels stützte sie sich seitlich auf den Stock; mit den müden Augen einer besorgten Großmutter suchte sie Augenkontakt mit Pela, um ihn einschätzen zu können.

Er beendete die Untersuchung, als ob er mit seiner Patientin, deren Gesicht eine rötlich beschämte Farbe annahm, allein im Zimmer wäre.

Simone Pela wusste, dass die alte Dame eine Verwandte der jungen Frau war. Als die beiden zusammen die Praxis betreten hatten und später im Wartezimmer saßen, hatte sie vermutet, dass Emma die alte Dame war, mit der sie telefoniert hatte. An sich zweifelnd, hatte sie ihren Platz verlassen, war in die Privaträume gegangen, hatte sich eine Handvoll ihrer Lieblingspralinen in den Mund geworfen und fluchte leise vor sich hin, weil sie den wichtigsten Teil ihres Planes, das Telefonat mit Christine, vergessen hatte.

„Was wünschen Sie? Suchen Sie etwas?", fragte sie Emma höflich.

„Ich suche das WC", erwiderte Emma, befreit von dem verrückten Gedanken an Abtreibung. Als sie im Zimmer eine dritte Person und ihre Enkelin angezogen auf der Liege erblickte, schien ihr nichts verdächtig.

„Zwei Türen weiter!" Simone Pela zeigte ihr die Tür, an der in großen Buchstaben „Besucher-WC" geschrieben stand.

Später verließen Großmutter und Enkelin zusammen die Praxis, fuhren in die Stadt, auf die andere Seite der langen und schweren eisernen Brücke, die zwei Stadtteile miteinander verband. Es herrschte nicht viel Verkehr, nach etwa dreißig Metern kam ein Kreisel, Jasmin bog mit ihrer kleinen blauen Ente in die zweite Straße links ein. Nach hundert Metern fuhr sie wieder links in die Juliusstraße, eine kleine Straße mit Geschäften an beiden Seiten. Auf dem Parkplatz neben einer Bushaltestelle stellte sie ihr Auto ab und verlangte von Emma das Rezept, um es in der Apotheke einzulösen.

Auf dem Weg nach Hause spürte Emma Jasmins Ernsthaftigkeit. „Was ist los?"

Anstatt zu antworten, drehte Jasmin die Musik leiser, die sie vorher eingeschaltet hatte, um Emmas Absicht, mit ihr zu reden, zu unterbinden.

„Möchtest du mir etwas sagen?" Emma knetete unbewusst ihre Medikamentenschachtel.

„Wieso hattest du keine Geduld, auf mich zu warten? Du wolltest doch selbst mitkommen, niemand hat dich gezwungen!"

„Die Untersuchung schien mir sehr lange, fast wie eine Operation." „Es war peinlich!", Jasmin drehte die Musik wieder lauter, nicht um trotzig zu wirken, sondern um den Lärm zu vertreiben, der ihr das Gefühl gab, ihr Kopf würde jeden Moment platzen wie eine auf den Boden geschmissene Melone.

Emma blickte Jasmin aufmerksam an, bemerkte neue Gesichtszüge, die Härte demonstrierten, als ob Jasmin eine neue Welt betrete und die alte hinter sich ließe. In ihren Augen war der verdrossene, gleichgültige und trübselige Ausdruck, der Jasmin erobert und für eine Weile die eigenartige Knospe einer stacheligen Pflanze hatte wachsen lassen, nicht mehr sichtbar. „Jetzt geht es dir besser, mein Mädchen."

Jasmin bestätigte Emmas Feststellung nicht. Sie fühlte seit dieser Entscheidung eine Hitze, die sie nicht mehr los ließ. Sie wurde intensiver, Sorge verwandelte sich in Schmerz, der Schrei einer enttäuschten

Seele,Tränen. Dieser Schmerz würde auch vierzehn Jahre später immer noch präsent sein.

Jasmin wälzte sich in ihrem Bett immer wieder von links nach rechts, suchte Wärme, wusste, wie unangenehm Kälte unter der Bettdecke war. Vergebens versuchte sie, die Augen in dieser verbliebenen halben Stunde zu schließen, bis sie aufstehen musste. Winterliche Schönheit. Wind, der mit großen Schneeflocken spielte, sie in alle Richtungen wehte.

Dann fiel ihr ein, dass es keinen Grund gab, aus dem Bett zu steigen: Es war Sonntag. Sie griff zum Wecker auf dem Nachttisch und stellte ihn auf zwei Stunden später. Jasmin erlaubte es sich, länger als an den anderen Tagen der Woche liegen zu bleiben, packte die Uhr neben sich auf das Laken, zog die Decke über den Kopf, ließ nur einen kleinen Spalt, um atmen zu können, und tauchte wieder ein in das kalte Wasser.

Nicht nur die Entscheidung für das ungeborene Kind war Grund für ständige Kopfschmerzen, Übelkeit und viele schlaflose Nächte, sondern auch die Reaktion ihrer Mutter.

Als Jasmin drei Wochen, nachdem sie sich für das Kind entschieden hatte,die Schwangerschaft am Telefon offenbarte, strahlte Christine Kälte aus, als sie zum Abschied äußerte: „Jetzt gibt es viel zu tun." Von Christine, einer geborenen Stahl, der einzigen Tochter von Lana, erzählte man, was aber nur Lana sicher wusste, dass sie die Tochter des Herrn Paganini, wie man ihn später aufgrund seiner musikalischen Begabung nannte, sei. Zusammen mit ihm war Lana nach Köln gekommen, unmittelbar nach dem verlorenen Krieg, den die Braunen angezettelt hatten, aus einem Dorf östlich von Weimar, dessen Name bis heute keiner kennt. Lana war damals im dritten Monat schwanger gewesen und im selben Alter wie Jasmin jetzt. Sie hatte mit einem jungen Soldaten Liebe gemacht, den sie versteckt gehalten hatten, bis ihr Elternhaus und die Familie von den Bombardements der Alliierten zerstört und der arme Soldat von einem dicken brennenden Balken erschlagen worden war.

Auf diese Weise allein gelassen in den Tagen des Überlebenskampfes, begegnete ihr Paganini mit dem Plan, wegzugehen und irgendwo ein neues Glück zu suchen. Lana teilte ihm mit, dass sie schwanger sei. Er drängte sie, das Dorf für immer zu verlassen. Beide fingen in Köln ein neues Leben an.

Überall Ruinen, verhärmte, vom Schmerz gezeichnete Gesichter und fremde Soldaten, die durch ihre Anwesenheit die Kontrolle über die zerstörte Stadt bekundeten.

Paganini hatte einen Koffer aus Pappe, und niemand, auch Lana nicht, wusste oder ahnte, dass darin Gold war, das die beiden ein bisschen vor der herrschenden Misere bewahrte und ihr Leben erleichterte. Größtes Unglück war die unerwartete Blindheit von Paganini, der nie das Gesicht seiner erwachsenen Tochter sehen konnte. Er war ein kleiner Seifenunternehmer, der im Dritten Reich in eine üble Lage geraten war und jetzt Geige spielte, anfangs auf der Straße, später dann in Lokalen, die von Fremden besucht wurden, um das Brot für seine Familie zu verdienen. Er war mit einem Talent gesegnet, das schon in seiner Kindheit bewundert worden war, bis eine leichte Paralyse der rechten Körperhälfte alle erschütterte.

In den Jahren ihrer Kindheit hatte Christine den geistigen Reichtum des Vaters erlebt:

Ehrgeiz, Disziplin, Perfektionismus, er überließ sein Leben keinem mitleidigen Schicksal. Sie selbst, ein Mensch, der nicht blind war wie er, beendete mit dem Ehrgeiz eines Blinden ihr Chemiestudium, unterrichtete fünf Jahre abwechselnd an den Gymnasien der Stadt, promovierte und wurde Professorin an der Universität.

Friedrich Weissenhut lernte Christine ein Jahr später kennen, als sie eines Abends spät das Labor der Universität verließ, in dem sie ganz allein nach Feierabend mit selbst hergestellten Präparaten geforscht hatte. Damals hatte Friedrich gerade zusammen mit seinem großen Bruder ein Rechtsanwaltsbüro eröffnet.

Schon beim ersten Blick empfanden sie Liebe füreinander, wie sie später erzählten, was sie aber zuerst nicht erkannten, auch wenn sie sich nahestanden. Beide konnten dieses Gefühl tief in sich verbergen und ließen diesen Reichtum in ihrer Seele reifen, wie ein Winzer seinen Wein in einem verschlossenen, aus Naturstein gemauerten unterirdischen Keller.

Zwei Jahre schon dauerte ihre Freundschaft, sie sahen sich täglich und schmiedeten Pläne für die Zukunft.

Während Christines Studiums hatte Paganini in gemeinsamen Gesprächen ihre ungewöhnliche Neigung, allein sein zu wollen, bemerkt, was ihn sehr bedrückte. Deshalb lauteten seine einzigen Worte: „Damit du nicht gedemütigt wirst, mehr Freude hast und nicht zwischen den Walzen des Lebens ausgepresst wirst, setze deine Kraft ein für die Mehrheit und nicht wie ich, der ich meine besten Jahre der falschen Seite geopfert habe!" Er stotterte, von seiner hängenden Lippe tropfte Speichel.

Christine nahm ein feuchtes Tuch und wischte ihm zart über das Revers.

„Meine Tochter …", er suchte ihre Hand, hielt sie mit seiner gesunden fest, „ich werde durstig sterben, aber das ist es nicht, was ich dir sagen will. Etwas, das mich …", er stotterte wieder, immer wieder und konnte nicht artikulieren, was er zu sagen hatte. „Mein Leben wurde unter den Hufen wilden Viehs zertreten. Es ist vorbei", murmelte er und bat seine Tochter, ihn ins Bett zu bringen. „Bald wird sich niemand mehr dafür interessieren. Wo ist mein Stock?" Er hielt sich am Fußende seines Bettes fest. „Vergiss nicht, mir einen Schäferhund zu besorgen! Meine letzten Tage möchte ich nicht in diesen vier Wänden verbringen", lachte er und legte sich angezogen auf die letzte Rettung eines anstrengenden Tages.

Christines Wunsch, eine eigene Familie haben zu wollen, war ihr nicht in die Wiege gelegt worden. Bald nachdem Paganini von einem britischen Armeeauto überfahren worden war, als er in der Nähe von deren

Basis mit dem Schäferhund der Nachbarn spazieren ging, starb auch Lana aus Verzweiflung. Paganini war auf der Stelle tot, ging für immer, und hatte seiner Tochter niemals gesagt, was er ihr hatte erzählen wollen. Er hatte sein Geheimnis mit ins Grab genommen.

Christine hatte den Wunsch geäußert, Friedrichs Mutter kennenzulernen. Bei ihrem allerersten Treffen war Emma aufgeregt gewesen und lud auch ihren älteren Sohn Manfred mit seiner Frau Lola ein, die im zweiten Monat schwanger war. Sie saßen im Wintergarten. Es war Palmsonntag.

Emma hatte geweihte Palmkätzchen in einer blauen Porzellanvase mit Rosenmotiven und Goldverzierungen auf den Bambustisch in der Mitte des Raumes gestellt.

Lola lag auf einer Liege und blickte gelangweilt durch die Scheiben des Wintergartens hinaus auf die Bäume voller Knospen.

Emma fragte Manfred, der neben ihr saß: „Kennst du sie?"

Er nickte, sagte kein Wort. Typisch Manfred! Stumm, jedes Wort war ihm zu viel.

„Ich zittere vor Aufregung, bis ich sie gesehen habe."

Der erste Eindruck war entscheidend, ein Eindruck, der Freude machte. Christines Anblick, ihre Stimme, die Worte, begeisterten Emma. Ein leichter Frühlingswind streifte ihr Gesicht, zart wärmende Strahlen der

Mittagssonne. Emma legte auf die Meinung der anderen keinen Wert mehr, als sie Christine erblickt, ihren Händedruck und die Wärme ihrer Hände gespürt hatte. Es war wie der Beginn eines schönen Morgens. Emma war Moral wichtiger als alles andere, diese erkannte sie schnell, nicht durch Worte, sondern durch ihr Empfinden. Der erste Punkt im Fragebogen der Moral war Christines Treue zu ihrem Sohn, daher mischte sie sich auch immer wieder in die Angelegenheiten ihres Sohnes ein. Sie fragte ihn schon bald, wann der Tag der Hochzeit sei.

Emmas Freude über die zukünftige Frau ihres Sohnes, die sie so sehr ins Herz geschlossen hatte, war groß.
Am Tag der kirchlichen Trauung und der Offenbarung, dass die Schwiegertochter schwanger war, holte Emma den Schatz ihrer Familie, versteckt in der Tiefe ihres Kleiderschrankes, hervor. Ein kleines, handtellergroßes und einen Finger starkes Büchlein, vom Vater ihrer Mutter, an den sie sich nicht mehr erinnern konnte, aus Gold gearbeitet. Aber sie versuchte, ihn sich vorzustellen, anhand der Erzählungen ihres Onkel und eines unvollständigen Bildes auf einem Stück Karton, das vor den teuflischen Flammen des Krieges gerettet worden war. Opa Josef hatte als Lederhändler und Schuster gearbeitet, und wie so viele da-

mals verlor er seine Manufaktur im Jahr 1912. Dieses goldene Buch mit den eingravierten männlichen Namen von vier Generationen, vor dem Verkauf gerettet, hatte sie in einer aus Brettern genagelten Kiste, in der ihr Onkel seinen Nagelvorrat und Lederstücke gelagert hatte gefunden, ganz einfach und doch gut vor dem Schicksal versteckt. Nach seinem Tod gehörte das ganze Familienvermögen Emma; dieses Vermächtnis schenkte sie dem frischgebackenen Brautpaar.

Später ließen Friedrich und Christine Weissenhut einen kleinen Glasvertiko für das goldene Büchlein bauen, umgeben von alten Fotographien der verstorbenen Familienmitglieder; außerdem beauftragte Friedrich einen Maler, der zwei beschädigte kleine Gemälde restaurieren sollte. Das des Ururgroßvaters und das eines jungen Gesichts, das im Bereich des Unterkiefers stark von Wasserflecken beeinträchtigt worden war. Eine sehr junge Frau, deren Geschichte in der Familie oft erzählt wurde. Als ob sie ihren zierlichen Blick aus dem gemalten Bild werfe, leicht schwebend und dann wie ein Schmetterling auf einer roten Mohnblüte landend. Sie hieß Klara Bartholomé, hatte in ihrer frühen Jugend ein uneheliches Kind geboren, das sie nicht großziehen konnte; dieses Kind war heute eine alte Frau, selbst schon Großmutter - Emma.

Genau am errechneten Termin bekam Christine ihr Kind und nannte es Jasmin. Im Alter von einem Jahr, nachdem es endgültig abgestillt war und nur noch Brei gefüttert bekam, übergab sie es in Emmas Hände und ließ es von ihr großziehen.

Emma wäre es lieber gewesen, sie hätte die Rolle der Mutter nicht übernehmen müssen. Trotzdem war sie voll im Einsatz, Tag und Nacht kümmerte sie sich um das Kind. Sie legte sich nicht ins Bett, um über die wenige, ihr noch verbleibende Lebenszeit zu jammern, wie es viele in ihrem Alter tun, um im Mittelpunkt zu stehen und die ganze Aufmerksamkeit von ihren Kindern zu fordern.

Jasmins Eltern kamen immer sehr spät nach Hause, Christine aus dem Labor oder von Vorlesungen, Friedrich aus seinem Büro, in dem er mit dem Gesetzbuch die Menschheit retten wollte. Sie waren dafür geschaffen, Karriere zu machen.

Emma war eine Respektsperson. Geliebt und bewundert, verschmolz sie mit Leib und Seele, voller Liebe, Glauben und Energie mit ihrer Rolle, mühte sich, die Lücken zu füllen und zu ergänzen, die ihr im Leben der jungen intellektuellen Mutter auffielen. Christine war ihr sehr dankbar. Wenn sie Komplimente erhielt und ihre Karriere bewundert wurde, antwortete sie: „Emma ist diejenige, die zu bewundern ist. Ohne sie sähe mein Leben anders aus. Zu Hause mit dem Kind, mit Omas Kochbuch in der Küche."

Emma merkte nicht erst jetzt, dass Christine nur die Gebärende war und sie selbst sich wie Jasmins Mutter fühlte. Eine sehr alte Mutter, die schon fast aus einem anderen Jahrhundert stammte. Jasmin hatte das längst gespürt, ebenso wie die Kälte ihrer eigenen Mutter, die immer distanzierter wurde. Die Distanz von Menschen, die auf einer anderen Ebene denken. Sie schweben über unseren Köpfen, weit weg an der Grenzlinie zu den Luftschichten, nicht zu fassen, auch nicht mit lang gestrecktem Arm herabzuziehen, festzuhalten, zu schütteln und mit dem Lärm eines Lautsprechers aufzuwecken. Bleib auf dem Boden in der Nähe deiner Familie! Und jetzt war Jasmin eine hübsche junge Frau mit einem glänzenden Abitur und dem Wunsch, in Australien zu studieren, aber all dies verblasste neben der bitteren Realität.

An diesem Morgen wirkte sie deutlich bedrückt und sah Emma, die ihre Sorge kannte, mit einem traurigen Blick an.

Jasmin hatte Herzklopfen beim Gedanken an die Enttäuschung, die sich in den Augen ihrer Eltern, mehr in denen ihrer Mutter, spiegeln würde, brennend und verbittert. Sie frühstückte wenig, ging danach nach oben in ihr Zimmer, legte sich aufs Bett, berührte ihren Bauch und tastete ihn mit beiden Händen ab. Er wirkte ganz fremd, als ob er ihr nicht gehörte, obwohl noch keine Zeichen der Schwangerschaft zu sehen waren.

Christine war schon am Flughafen gelandet, nahm ein Taxi nach Hause, stieg aus. Bevor sie das Eisentor öffnete, benahm sie sich wie eine Fremde, die im ersten Moment, wenn sie vor einer fremden Tür steht, Zeit braucht, um sich einen Augenblick zu orientieren, die Türglocke zu finden.

Sie war lange von zu Hause weg gewesen. Die Dauer ihrer Abwesenheit war unterschiedlich,abhängig von der Arbeit. Schließlich läutete sie. Trotz ihrer Müdigkeit waren ihre Attraktivität – sie hatte einen kurzen hellen Rock und eine orangefarbene Bluse an – und ihre offene Art nicht zu leugnen. Erfreut begrüßte sie Emma und Jasmin im Wohnzimmer, umarmte die beiden und bekam feuchte Augen.

Jasmin blickte Christine an, ein müdes besorgtes Gesicht, das jetzt gerötet und trostlos wirkte. Nach der Umarmung fragte Jasmin mit federleichter Stimme: „Hallo Mutter, wie geht es dir?"

Zuletzt hatte Christine ihre Tochter in den Arm genommen, als diese das Schulzeugnis in Händen hielt, und Ähnlichkeit mit sich gesehen.

Sie nahmen einander gegenüber auf der Couch Platz, als ob nichts passiert wäre. Christine warf einen langen Blick in das Esszimmer. Nichts hatte sich verändert, alles war so, wie sie es verlassen hatte. Sie rieb ihre dezent geschminkten Lippen: „Diese langen Reisen ermüden mich immer wieder." Abrupt erhob sie sich. „Ich muss ins Bad."

Während Christine sich frisch machte, stieg Friedrich vor dem Haus verschwitzt und mit gelockerter Krawatte aus seinem Dienstwagen. Bevor er eintrat, umfasste er mit einem sehnsuchtsvollen Blick die Villa Martha. Er spürte, was ihm gefehlt hatte: im Schatten der Akazien zu liegen und die Zeit festzuhalten. Friedrich war sich bewusst, dass eines Tage diese Zeit, weit weg von seiner Familie, ein Ende haben würde, wenn seine Tätigkeit als Vertreter des Außenministeriums vorbei sein würde. Dann trat er ein.

Friedrich war mager geworden und erzählte seiner Familie, er habe eine Diät begonnen, es bräuchte sich niemand zu sorgen. Der Drei-Tage Bart stand ihm nicht, die Augen wirkten ungewöhnlich groß, gerötet, wie bei einem Schweißer, der seine Schweißarbeiten ohne Schutzmaske erledigt hatte, auch die Nase war rot.

Jasmin ließ sich wie ein kleines Mädchen umarmen, sie brauchte das viel mehr als große Worte.

Friedrich wurde erst jetzt bewusst, wie sehr er seine Tochter vermisst hatte. Wenn er zurückblickte auf die Zeit, als er noch nicht für den Staat gearbeitet hatte, war alles anders gewesen. Er hatte mehr Zeit mit seiner Tochter verbracht, obwohl auch damals viel Arbeit seine Freizeit reduziert hatte.

Friedrichs Arbeit hatte mit den Schicksalen des kleinen Mannes zu tun gehabt. Mit Menschen, die nicht erkannten, dass sie blind zu ihrem Schicksal beigetragen, ihre Ehrlichkeit und Offenheit hatten missbrauchen lassen, eingeschüchtert und klein gehalten, durch taktische Strategien der Unternehmensleitung. Menschen, die die Gesetze nicht gut verstanden, die einfacheren Leute der Gesellschaft, die körperlich arbeiteten oder Gerichtstermine nicht so ernst nahmen und lieber die Köpfe in den Sand steckten, wenn er mit Briefen an ihre Türen klopfte und erklärte, dass das Recht gewinne, wenn man sich dafür einsetze.

Sein letzter Fall war ein solcher gewesen. Friedrich ein schmaler langer Mann, sehr gepflegt, fast stumm, ohne viele Worte, Christdemokrat, musste einen vierfachen Vater gegen seinen Arbeitgeber vertreten, der ihn auf die Straße gesetzt hatte, nachdem er die ganze Zeit wie ein Blutsauger an seinem Leib geklebt hatte. Der Mann wurde entlassen, weil er sich endlich gegen Forderungen der Firma gewehrt hatte, nachdem er erlebt hatte, wie seine unschuldigen Kinder von der verdammten Peitsche der Armut geschlagen wurden und gelblich kraftlos, manchmal halb bewusstlos aus Angst vor der Zukunft in seinen Armen lagen. Der alleinerziehende Vater, mit großen Löchern in den Taschen und keinem Cent für seine Kinder, konnte nur schwer für Grundnahrungsmittel sorgen und kaum andere Bedürfnisse erfüllen. Der Arbeitgeber dagegen hatte ihn gezwungen, mehr zu arbeiten, formulierte es so, dass der Mund seines Arbeiters wie zugeklebt blieb: es ginge um die Interessen des Unternehmens. Die Kinder nannten sich selbst Schlüsselkinder, wärmten das vom Vater spät am Vortag vorbereitete Mittagessen auf und aßen stumm, jeder verloren in seiner Ecke, als ob sie in großen Räumen lebten, weit voneinander entfernt, sodass durch die dicken Wände keine Stimme zu hören war. Der Bauarbeiter hatte noch mehr für noch weniger Lohn gearbeitet, bekam keine Zulagen mehr für seine schwere Arbeit in den Tiefen des Kanals, keine vermögenswirksamen Leistungen, wie im Gesetz verankert, auch kein Weihnachtsgeld, das ihm für seinen Fleiß zustand. Trotz Urlaubszeit sollte er arbeiten, mit vierzehn Prozent weniger Lohn, damit der Blutsauger noch mehr Blut saugen und sich Lippen und Hände damit beschmieren konnte. Am Ende blieb dem Bauarbeiter kein Blut mehr, nur die gelbe Kotze der Revolte.

Schließlich hatte der Bauarbeiter den Prozess gewonnen und war nicht mehr auf einer Straße ohne Zukunft, voller Hass und krimineller Gedanken. Manfred hatte ihm dann eine Beschäftigung bei einer Firma, die Mitglied im Arbeitgeberverband war, besorgt.

Friedrich war seinem Bruder dankbar, obwohl der nur ungern das Anwaltsbüro übernommen hatte. Sie waren unterschiedliche Typen mit ganz verschiedenem politischem Denken. Manfred zitierte oft die Worte von Dolfi, einem Kameraden seines gefallenen Vaters: „Das Brot für seine Kinder kann man nicht mit der Politik Churchills verdienen." Jedes Mal, wenn er die Brüder traf, redete Dolfi wie ein Wasserfall von den Entbehrungen in der Gefangenschaft und erzählte von den Taten ihres Vaters und dessen spurlosem Verschwinden. Friedrich wiederum glaubte, es sei Propaganda von jemandem, der diesen Premierminister nicht hatte leiden können.

Sein Freund Oskar hatte auf dem Parteitag vorgeschlagen, Friedrich für das Arbeitsministerium arbeiten zu lassen. In einem engen Kreis hatte er auf die Kenntnisse und Fähigkeiten seines Freundes hingewiesen, und mehrere Parteimitglieder stimmten dafür. Auch Friedrich war damit einverstanden und antwortete: „Ja, das mache ich!"

Manfred war der Meinung, Politik sei eine Hure, aber seine politische Vorstellung änderte Friedrichs Ansichten nicht.

Wie unangenehm, über fünfundzwanzig Jahre mit einem Menschen in einem Raum zu arbeiten, der nichts von dem hält, was für dich von großer Bedeutung ist, und dieser jemand ist dein großer Bruder.

Der Vater aber wäre stolz auf Friedrich gewesen. Der Vater, den sie nur von Bildern kannten, von dem die Mutter oft in den kalten Wintern am warmen Ofen und an auch schönen Tagen erzählte.

„Weißt du, wie emotional unsere Mutter wurde, wenn sie von dem letzten Treffen mit Vater sprach und wie oft sie sagte, dass er für sie noch am Leben sei und sie seinen Tod nur schwer akzeptieren könne. Sie verzichtete auf staatliche Hilfe, solange sein Tod nicht bewiesen war. Und Jahre später musste sie es glauben, nachdem alle Gefangenen frei gelassen worden waren."

Manfred nickte.

„Bei dem letzten Treffen mit Vater war unsere Mutter mit mir schwanger. Er kam für nur zwei Wochen von der Front. Grund war die damals häufige Krankheit Sehnsucht. Die Ärzte hielten seine häufige Bewusstlosigkeit für eine seelische Krankheit. Vater trug ein steinernes Bild bei sich, gewickelt in den Mantel seines gefallenen Kameraden Timo. Und hast du gemerkt, wie ungeheuer wichtig dieses steinerne Bild für Mutter ist?"

Der Vater war damals nach einem Angriff auf seinen Stützpunkt von den Körpern toter Kameraden bedeckt gewesen. Neben der Kirchenruine und durch Rauchschwaden hindurch sah er die Heilige. Das Beste, was einem armen Soldaten zu dieser Zeit, allein zwischen all den Toten, passieren konnte.

„Weißt du noch, wie wir uns geschworen haben, keine politischen Interessen zu vertreten und unsere Kräfte für Menschen einzusetzen, die Hilfe brauchen? Wir knieten vor Vaters Bild, schauten es an und warteten auf Antwort, und dann weintest du."

„Wir waren noch jung, ich war damals fünfzehn und kann mich erinnern, dass du mich fest in den Arm genommen und getröstet hast. Ich dachte, die Schlafzimmertüre ging auf, und wir hörten die Stimme unserer Mutter, die in der Küche war und rief, dass sie Wasser heiß gemacht hatte. Du solltest ein Bad nehmen, aber ich wollte dir damals sagen, dass mein Weinen nichts damit zu tun hatte, dass ich eines Tages unser Versprechen nicht einhalten würde, sondern mit den ständigen Sorgen um unsere allein gelassene Mutter und ihren Gebeten, dass der Vater zurückkommen solle. Ich hatte große Angst, dass wir sie eines Tages verlieren könnten und Waisenkinder würden."

Friedrich atmete hörbar ein."Und aus Angst, sie zu verlieren, suchte ich oft ihre Hand, wenn wir ins Bett gingen. So schlief ich ein; du nanntest mich am nächsten Morgen Muttersöhnchen."

Wie oft hatten die zwei Brüder in Manfreds Haus am Fenster gestanden und nach draußen geschaut; dieses Mal sahen sie die Obstbäume, die übel zugerichtet waren, nachdem Manfred sie geschnitten hatte, weil er die Rolle eines Landschaftsgärtners übernehmen wollte. „Weißt du, ich freue mich wirklich über dieses Angebot."

„Ist das alles?"

Friedrich war für eine klare Entscheidung. Er hatte den Wunsch nach einer politischen Karriere, auf einer anderen Ebene als der eines Lokalpolitikers. Abgesehen davon hatte er Ambitionen auf eine lange Karriere, nicht wie in vielen Fällen als gekrümmter Advokat, der irgendwann pensioniert wird. Er wollte mehr! Es ging Friedrich darum, nicht nur um zwanzig Schicksale zu kämpfen, sondern für eine große Sache.

Am Tag, bevor Friedrich ins Ausland ging, sagte Emma wehmütig, dass sie jetzt nichts mehr von ihm haben würden. Das stimmte und mehr noch: Der einzigen Tochter würde die Vaterliebe fehlen, die jeden Winkel ihrer Seele ausfüllte.

Jasmin erklärte, sie finde seinen ersehnten Aufstieg toll und versteckte dabei ihren unverkennbar traurigen Blick. Sie würde bei ihrer Großmutter bleiben, nachdem auch Christine so wie er gehen würde. Jasmin dachte dabei für einen kurzen Augenblick, aber nicht sehr lange, sie würde wie eine Tomatenpflanze ohne Stütze bleiben. „Ich möchte mein Abitur in Köln machen", betonte sie.

Nach vielen Monaten waren sie jetzt wieder zusammengekommen.

Beim Mittagessen blieb Jasmin, die ihre liebevolle Aufmerksamkeit nicht verlernt hatte, dieser treu und versuchte, etwas übertrieben, die elterliche Stimmung mit einem freundlich kindlichen Verhalten zu heben. „Vater, noch ein bisschen Suppe? Vater, möchtest du Brot? Es ist ganz frisch. Vater soll ich dir Wein nachgießen? Er ist süß und nicht sehr stark." *Ach Vater, ich möchte dir alles bringen, auch den Geruch des wilden Tees an einem kalten Winterabend. Zuweilen auch meine Wünsche, vor allem jetzt, wo ich unbedingt Liebe und Wärme brauche, nicht nur deine, auch die meiner Mutter, deren Art mich verletzt. Die jetzt schaut, als wäre ich zweite Wahl. Das weckt Aggressionen in mir. Emma hat mir beigebracht, sie nicht zu zeigen. Besser schlucken, wie sie sagt. Eltern sind auf die eine oder andere Art für ihre Kinder heilig. Diese heiligen Figuren zer-*

reißen mich innerlich, und ich weiß nicht, wie
lange sie mich noch quälen werden.

Alle aßen still, nur das Geklapper der Löffel
war zu hören. Extrem langsam schlürften
sie ihre Suppe und schnitten das Fleisch mit
einem Gefühl, als ob diese Mahlzeit kein
Ende nehmen dürfe, bis die Gedanken der
Beteiligten komplett durchgekaut waren.

Später im Wohnzimmer saßen sie wie immer einander gegenüber auf ihren Plätzen
in den milchfarbigen Ledersesseln. In der
Mitte des Raumes stand ein quadratischer
Tisch aus Glas, geschmückt mit einer einzigen Rose in einer schmalen weißen Porzellanvase, für die Emma gesorgt hatte. Das
Wohnzimmer war mit honigfarbenem Wild-
kirschholz möbliert, wie die meisten Räume
der Villa, im Stil der deutschen Kolonien im
achtzehnten Jahrhundert, gefertigt von
Händen unserer Epoche. Aus der Kolonial-
zeit stammten auch drei Vasen aus engli-
schem Porzellan auf dem Bücherschrank,
verziert mit Landschaften des schwarzen
Kontinents und Szenen aus dem Alltag der
schwarzen Bevölkerung. Was nicht zu übersehen war, wenn man den Raum betrat,
war ein kleiner Eisenbahnwaggon aus Sa-
phiren auf dem hohen schmalen Vertiko,
mit Rädern und Verzierungen aus Elfenbein.
In der Blütezeit der Kolonie war verbreitet
worden, im Sand der namibischen Wüste

könne man die Steine aus Saphir wie in Deutschland rote Äpfel sammeln. Von Hand zu Hand weitergereicht, bekam ein Jahrhundert später Friedrich, Liebhaber alter Kunstgegenstände, diesen Waggon.

Die Gesichter der Eltern wirkten nachdenklich, vor allem waren sie tief besorgt. Sie hatten immer das Beste für Jasmin gewollt. Gleichzeitig vermittelten sie ihr ständig ein Gefühl von Kälte, das Gefühl, der Beruf wäre am wichtigsten, brauche die meiste Liebe und Kraft, und er bekam dies auch ohne die kleinste Verzögerung, musste niemals warten, so wie das Kind. Über ihren Köpfen hing eine schwarze Wolke.

Jasmin sprach leise und deutlich, machte nach dem ersten Satz eine Pause, schluckte, um die Kehle feucht zu halten. Gleichzeitig warf sie einen Blick auf ihre Eltern, deren skeptische Gesichter Bereitschaft widerspiegelten, genau hören zu wollen, was ihre Tochter erzählte. Nach dieser Feststellung wurde Jasmin noch leiser, hielt aber fest an ihrer Strategie. „Ich gestehe, ich habe einen großen Fehler begangen, es ist schwierig, mit euch und anderen über das Geschehen zu reden. Es ist so peinlich. Bitte denkt nicht schlecht über mich, ich weiß nicht, was mit mir los war, als ich einen Unbekannten in mein Leben gelassen habe! Es war ein harmloses Gefühl, das ich total unterschätzte. Es wurde immer stärker, und in diesen drei Tagen seines Aufenthalts in der Stadt trafen wir uns jeden Tag. Ändern kann ich jetzt nichts mehr, ich muss mit diesem Schicksal leben."

Friedrich ging in die Nähe der Zimmertür, die Hände in den Hosentaschen, als ob er etwas suche. Sein Gesicht veränderte sich ständig, Schmerz verwandelte sich in Zorn, und dann nahm es endgültig einen Ausdruck an wie eine Tanzmaske mit dem Hauch eines Lächelns.

Seine Gesichtszüge und seine Stimme erinnerten Emma an ihren Mann – Härte mit deutlicher Männlichkeit.

Zu Beginn des Gesprächs hatte Friedrich geschimpft: „Ich habe nicht gewusst, dass du so naiv bist!"

Jasmins Herz machte einen jähen Sprung durch seine direkten Worte. Sie fühlte sich unendlich alleine, dieses Mal war er nicht auf ihrer Seite.

Schon einmal war sie ohne ihn gewesen. Damals, nachdem er ihr eine Woche zuvor Schwimmen beigebracht hatte. Jasmin hatte Fortschritte gemacht und traute sich an einem heißen Tag allein ins Wasser. Das klare Wasser der Nordsee war kalt in der Tiefe, sie bekam einen Krampf im Fuß und dachte, ihr Leben sei zu Ende. „Wo ist meine Tochter?", rief Friedrich in der dichten Menge der Strandurlauber. „Hast du meine Tochter gesehen, du hast vorhin mit ihr gespielt?", fragte er ein Mädchen neben seinem Sonnenschirm. Später sah er keine Anzeichen von Furcht mehr auf Jasmins Gesicht an jenem heißen Tag an der Nordsee. Sie hatte gegen den Krampf angekämpft und um Hilfe geschrien, die nicht kam, und als es ihr gelungen war, den Strand zu erreichen, schlüpfte sie unter ihr Handtuch, um den Schock zu verarbeiten.

Es war klar zu sehen, dass Friedrich und Christine geschockt waren. Sie hatten keinerlei Vorahnungen, einmal derlei Geschehen in ihrem Leben zu begegnen.

Christine reagierte mit Worten spitz wie Pfeile, je mehr sie in Friedrichs maskenhaftes Gesicht blickte und bei sich selbst einen Anflug von Verzweiflung spürte. „Das ist unvorstellbar! So tief zu fallen! Ihr habt euch nur dreimal getroffen? Woher nimmt man den Mut, sich mit einem Fremden einzulassen? Ich bin kurz davor, auszurasten, ich traue meinen Ohren nicht! Was haben wir falsch gemacht, dass du dich so unkontrolliert verhalten hast? Du bist neunzehn! Bist zu beneiden, christlich erzogen, hast Ambitionen, im Ausland zu studieren, eine junge Frau mit großen Karriereträumen, sehr intelligent. Ich hätte das nicht von dir erwartet. Sei ehrlich und erzähle, was wirklich passiert ist! Ich kann nicht verstehen, wie man mit einem Mann schlafen kann, ohne zu wissen, wer er ist – und vor allem, wie kann das ohne Liebe passieren?" Ihre Stimme wurde brüchig, dann wandte sie sich an ihren Mann.

Friedrich reagierte schnell. „Vielleicht erzählt Jasmin nicht die Wahrheit, weil sie ein Opfer krankhafter krimineller Taten geworden ist. Das Opfer eines unmoralischen, skrupellosen Menschen, ohne Rücksicht auf die körperlichen und seelischen Schmerzen, die er anderen zufügt. Und dieser Schmerz hat sie verändert, so sehr, dass sie das Geschehene so darstellt und davon spricht wie eine Phrase, die nur auf der Theaterbühne glaubwürdig klingt."

Emma spürte Jasmins Zurückhaltung. „Wir sollten ihr glauben, solche Geschichten passieren in der jungen Generation."

„Vater, diese Situation ist so schwer für mich und wird noch schwieriger durch eure Vorhaltungen. Was wollt ihr von mir? Wollt ihr, dass ich aus dem Fenster springe und alles vorbei ist?"

„Wir sind deine Eltern und verlangen, dass du uns die Sache schilderst, und wenn wir an der Geschichte zweifeln, haben wir das Recht, es dir mitzuteilen."

„Jasmin, wir haben nicht die Absicht, dich zu verletzen, wir wollen dir helfen."

„Mehr kann ich nicht sagen. Es ist wie es ist, und daran ist nichts mehr zu ändern!"

Wären die Eltern in ihrer Nähe gewesen, nicht so weit weg, wäre all das nicht geschehen. Sie wäre in Köln geblieben, begleitet von ihrer Liebe, hätte keine Sehnsucht nach Abenteuern gehabt. Und wenn sie sich in einen Jungen verliebt hätte, wäre es anders gekommen. Sie hatte die Liebe ihrer Eltern nicht mehr gespürt, es schien, als ob in ihren Herzen so etwas nicht mehr existierte. Sie waren besessen von ihrer Karriere und fanden dort Zuflucht. Mit dem Beginn des neuen Karrieresprungs vor vier Jahren hatten sie kein richtiges Familienleben mehr geführt.

Jasmin wurde blass, verspürte Kälte, mit großer Anstrengung gelang es ihr, ruhig zu bleiben. Was sie ihnen zu sagen hatte, war keine Rechtfertigung. Sie wollte ihnen nur mitteilen, was sie empfand, nicht stotternd, sondern mit klarer Stimme. „Ich entschuldige mich für die euch zugefügten Sorgen. Jetzt werde ich mich selbst um mein Leben kümmern."

Die Eltern schauten einander an, wie unter Schock. Sie fühlten sich machtlos.

Emma mischte sich ein. „Oh Kinder, es ist nicht so schlimm! Es ist eine Prüfung des Herrn, die wir meistern werden."

Friedrich stand auf, nachdem er zwischendurch auf dem Sofa Platz genommen hatte, blickte seine Mutter und Jasmin aufmerksam an. Er setzte sich wieder, wollte noch einmal seine Tochter nach dem Namen des Erzeugers fragen und das Gespräch von vorne beginnen. Es war nur ein Gedanke, der schnell wieder verblasste. Ihm und auch Christine wurde klar, dass ihre Tochter ein Kind von einem Mann erwartete, dessen Identität verschwiegen wurde.

Es herrschte Schweigen.

Jasmin war die Erste, die sich erhob.

Die Eltern standen nacheinander zögernd auf und schritten zur Tür, gefolgt von Emma, die ihnen unbedingt sagen wollte, was ihr die ganze Zeit auf der Zunge gelegen hatte: „Wir werden eines Tages für unsere Fehler bezahlen." Sie wollte deren Verbitterung nicht noch mehr verstärken, aber ihnen in Erinnerung rufen, dass nach ihrer, Emmas Meinung, nicht gefragt worden war, bezüglich Jasmins Reise, um für ein paar Monate ihre Selbstständigkeit in einer weit entfernten fremden Stadt auszukosten. „Es gab keinen Grund für diese unnötige Freiheit, für diesen unnötigen Schritt!"

„Mutter, es werden immer wieder Dinge geschehen, die manchmal unangenehme Situationen und Enttäuschungen erzeugen, die wir aber nicht verhindern können. Aber eines muss uns klar sein, wir müssen unsere Lebensweise so gestalten, dass wir eine befriedigende Lösung erhalten." Schöne leere Worte!

Die Frau, die nach fünf Jahren nicht mehr bereit war, ihren erlernten Lehrerberuf auszuüben, blieb noch im Bett. Jetzt verdiente sie ihren Lebensunterhalt mit Malerei. Sie tauschte ihre Geburtsstadt Köln mit einem kleinen Dorf in Unterfranken in dem Jahr, in dem ihre Großmutter, im Alter von über 90 Jahren an einem Samstagmorgen nicht mehr aus dem Bett gestiegen war. In ihrem Atelier hatte sie gestern Nachmittag eine leere Leinwand an einen Holzstuhl gelehnt, die nun auf eine Eingebung wartete. Tuben und verschiedene Pinsel lagen bereit. Sie müsste nur aufstehen, nach unten gehen, um zu malen. „Male! Es ist nicht schwierig!" Sie müsste nur ihre Gedanken sortieren, bevor sie die Geschichte in Farbe umwandelte, aber es war nicht leicht, dem Ganzen ein Gesicht zu verleihen, weil die Seele verletzt war, zerrissen wie ein Fetzen Stoff.

Gefühle stiegen auf, die Jasmin den Atem raubten. Sie hatte ein Bild vor Augen, und in ihrer Visualisierung spürte sie mehr als alles die Wirkung der reflektierenden Farbkombination.

„Das bringt alles nichts", murmelte sie, außer sich vor Schmerz und versank in einer Grube aus Einsamkeit, als hätte sie Betäubungsmittel eingenommen, wie der Fremde, den sie einmal auf einem Bahnhof in Mailand erlebt hatte.

Es waren damals Jahre der Freude. Jahre die sie oft zurückholen wollte. Jahre des Glücks, wie sie sie bezeichnete, als ihre Familie die gemeinsame Freizeit miteinander verbrachte. Hand in Hand hatte sie mit ihren Eltern den ganzen Westen Europas besucht, besichtigte Schönheiten von Kunst und Natur, auch manche Hauptstädte des Ostens.

Sie war dreizehn gewesen. Gerade wollten sie in die Scala gehen, um „La Traviata" zu sehen, die unglückliche Violetta, die für die Familienehre auf ihre leidenschaftliche Liebe zu Alfredo verzichtete.

Der Mann auf der Straße hatte an diesem Abend alles verdorben mit seinem Leid und dem Schmerz, den er sich selbst zufügte durch das Umherwälzen auf dem noch sonnenwarmen Asphalt; dabei stieß er sich den Kopf an der Bordsteinkante.

Jasmin betrachtete ihn als eine Mischung der zwei Geliebten auf der Bühne, die freiwillig in den Tod gingen. Die sich aneinander klammerten und einen gemeinsamen Körper und Geist formten, ein Süchtiger, der der Ungewissheit des Schicksals ausgeliefert war, gefesselt über dem Blubbern des kochenden Wassers.

Sie gab sich jetzt keine Mühe mehr, zu verhindern, was sie davon abhielt, die Vergangenheit zu malen oder auch mit Worten zu erzählen, wann und wie die Zerstörung ihrer

Träume begann. Besser an die Tür eines Therapeuten klopfen und sich von ihm therapieren lassen? Es würde ihr gut tun, helfen, die Galle der Seele auszuspucken, die zerborstenen Stahlsohlen der Balance wiederaufzubauen.

Ihre wunderschönen blauen Augen waren kaum zu sehen hinter den fast geschlossenen Lidern. Mal lief sie durch den Raum, mal lag sie im Bett, mal zog sie die Decke bis über den Kopf, mal stieß sie sie weg. Sie lachte wie irre, dann weinte sie endlich und ließ eine klagende Stimme hören.

Es war ein Tag im Februar 1979, die Zeit in der Jasmin noch die Schule besuchte, genauer gesagt, vier Monate vor dem Abitur.

Ihre Cousine Jola wagte den ersten Schritt, um den jungen Übersetzer zu verführen, einen Bekannten der Familie Weissenhut, Fredi, den Sohn von Oskar, einem Schulfreund Friedrichs.

Er war fünfundzwanzig, hatte gelbliches Haar, einen Wirbel links an der Stirn, den er mit Gel bearbeitete, um ein ästhetisches Bild zu erreichen. Blaue Augen wie ein neu geborenes Kälbchen. Einen mittelmäßig schmalen Körper, konservativ gekleidet, nicht in Jeans mit offenem Hemd, wie die meisten jungen Männer, sondern im schwarzen Anzug, schneeweißem Hemd mit rot gepunkteter Krawatte. Damit und mit seiner steifen Körperhaltung erinnerte er eher an einen Leichenbestatter als an den talentierten Übersetzer.

Es war nicht ihr erstes Treffen, Jola und Fredi kannten sich schon einige Jahre von den häufigen Treffen beider Familien. Manchmal, wenn es sich ergab, besuchten die Cousinen zusammen mit Fredi Konzerte und Lokale.

Jola fühlte sich oft zurückgesetzt, da Fredi Jasmin mehr Aufmerksamkeit schenkte als ihr. Dabei vergaß sie, dass sie von Jasmin zu diesen amüsanten Abenden eingeladen worden war und froh sein müsste, dabei zu sein.

In der großen Festhalle wurde gefeiert. Zwischen den vielen Menschen tummelten sich auch die lokale politische Prominenz und angesehene Unternehmer fast jeder Branche, die sich gegenseitig mit Späßen in Sketchen und lustigen Versen aufzogen.

Köln, Karnevalshochburg, eine Stadt, in der die Menschen dem Vergnügen nachjagen, wie in so vielen Städten am Rhein. Manche hatten sich geschminkt, wieder andere trugen nur Masken. Die meisten waren verkleidet, als Esel, Marinesoldaten, Kämpfer, Männer als Frauen, als Huren, manche als Verliebte oder Mäuse, manche als Banane. Andere hatten lange Bärte und über Schulter oder Taille Patronengürtel voller Platzpatronen. Wieder andere stolzierten wie die Frauen des Orients mit verschleierten Gesichtern umher.

Jasmin ging als Ärztin, als bereite sie sich gerade auf eine Operation vor, in einem grünen Kittel mit vielen Skalpellen, die sie als Kette um den Hals trug.

Der Übersetzer war ganz alltäglich gekleidet und trug auf dem Kopf eine Königskrone.

Jola als Marilyn Monroe, war diejenige, die noch ein bisschen vor dem Eingang im Osten der großen Halle auf ihren gemeinsamen Freund André warten wollte, der aber nicht, wie verabredet, erschien. Jola gab die Hoffnung nicht so schnell auf und war überzeugt, er würde schließlich auftauchen und versuchen, sie zu finden. Am Ende waren die drei sich einig, den Treffpunkt jetzt zu verlassen.

André rannte so schnell er konnte, um durch die Menschenmassen hindurch pünktlich zum Treffpunkt zu gelangen. Er ging in einen roten Mantel gehüllt als britannischer Krieger aus der Sage von „Tristan und Isolde". Wie immer hatte André auch an diesem Tag im Familienbetrieb, dem kleinen Blumenladen, gearbeitet, um ein wenig Taschengeld für dieses amüsante Fest zu verdienen. In seiner Kindheit und auch Jugend hatte er gespürt, wie skrupellos seine Pflegeeltern ihn ausgenutzt hatten. „Gemein und ungerecht finde ich ihr Verhalten mir gegenüber", sagte er oft zu Jola, nicht aber zu Jasmin.

Um seine Probleme zu überwinden, ironisierte er sie im Schultheater in Sketchen mit einer Originalität, die den Deutschlehrer auf sein Talent aufmerksam werden ließ. Er bot an, ihn zu fördern, Theaterschauspieler zu werden, was André nicht annahm. Er fühlte sich zu einfach und normal, entdeckte keine hervorragende Schauspielbegabung und keinen Sketchautor in sich selbst, weil er auf der Bühne einfach nur spielte, was er erlebt hatte.

André war sehr emotional, wenn er seine Gefühle nicht herausgelassen hätte, wäre er geplatzt.

Ein Sketch war bis heute Kult geblieben in der Schulgeschichte; noch Jahre nach der Aufführung hingen Bilder als Erinnerung in den Fluren der Schule. Er hatte den Sketch „Frecher Junge" genannt. Niemand in der Schule wusste, dass er im Alter von sechs Jahren adoptiert worden war. Seine Pflegeeltern waren seltsame Menschen, die sehr isoliert lebten, versunken in der Gier, reich werden zu wollen. „Um ehrlich zu sein", gestand er oft, „erreichen sie mich mit ihrer sogenannten elterlichen Liebe nicht. Es kommt mir vor, als ob ihre Adoption einen heimlichen Vorsatz hatte: Geldgier."

In der elften Klasse schrieb er das Stück und führte es auf einer provisorischen Theaterbühne in der Aula auf. Für die Rolle des Vaters und der Mutter hatte er persönlich die Schauspieler aus der Theater-AG ausgesucht.

In dem Stück spielte André einen elfjährigen Jungen, den das schwere Leben im Blumengeschäft langweilte. Aus dem Zimmer seiner Eltern hörte der freche Junge nachts öfter ein Schnarchen, vergleichbar mit der Symphonie einer Violine, deren Saiten verrostet waren, und danach ein seltsames Geräusch, das so oft erklang, dass er dachte, hinter der Tür wäre ein Stück Wald und jemand würde unerlaubt Holz hacken. Manchmal öffnete er sehr vorsichtig die Tür, steckte Kopf und Hals hindurch wie eine neugierige Giraffe, um das Geheimnis zu lüften. Ein einziges Mal war er ins Zimmer getreten. Die Eltern schliefen. Damals wie heute wusste er nicht, woher er den Mut genommen hatte, das Zimmer zu betreten, das Tabu zu brechen. Einen Blick in das Reich der Eltern zu werfen, in eine unerlaubte Zone. Die alte Mutter trug eine Schlafhaube, war bis ans Kinn zugedeckt. Sie atmete durch die Nase ein und presste die Luft durch ihren zahnlosen Mund wieder heraus, wobei die faltigen Lippen vibrierten wie die flatternden Flügel eines Käfers. Der Vater schlief angekleidet und verstand weder, was auf der Welt noch in seinem Schlafzimmer passierte, der Cognac hatte ihn betäubt. Auf dem Nachttisch der Mutter hatte der Junge ein Glas, halbvoll mit Wasser gesehen, darin schwamm ihre Zahnprothese. Vor dem Bett – eigentlich sollte er darunter stehen – der Nachttopf. Wütend über die schweren Aufgaben, die er von der alten Frau tagtäglich aufgetragen bekam, packte er mit dem Mut eines Kindes das Glas und kippte den Inhalt in den Nachttopf, während er sich vorstellte, dass die Zähne das Gebiss des Teufels seien.

Mitten in der Nacht pisste die Alte in den Urintopf und bespritzte dabei ihr Gebiss. Als sie am nächsten Morgen erwachte und den Topfinhalt in die Toilette kippte, entdeckte sie das Gebiss und schrie voller Panik. Der Teufel, der Teufel sei in ihrem Zimmer gewesen! Zur gleichen Zeit schreckte der Junge im Zimmer nebenan aus dem Schlaf und schrie vor Schreck auf wie seine Mutter. Es blieb ein Geheimnis seiner Mutter, dass sie ihr Gebiss zwei Tage lang mit einem Spezialmittel aus der Apotheke desinfiziert hatte und diese Tage ohne Zähne blieb. Bis der Ekel vergangen war, weichte sie ihr Brot in Wasser ein.

Von diesem Tag an stand unter dem Bett kein Nachttopf mehr. Sie hatte ihn in Papier eingeschlagen und in ihrer Truhe neben dem Kleiderschrank zwischen Erinnerungsstücken verstaut. Seit dieser teuflischen Nacht hörte man nachts das Klappern ihrer Holzpantoffeln auf dem engen Flur und ihre Flüche, wenn sie zur Toilette ging.

Es war nicht der Teufel gewesen, hatte sie am Mittagstisch gedacht und dem Jungen verstohlene Blicke zugeworfen, die Angst und Wut zeigten. Die Mutter beschloss, ihm noch mehr Arbeit zu geben, sodass er keine Zeit zum Lernen hatte und seine schulischen Leistungen immer schlechter wurden, bis sie erkannte, wie viel Leid sie ihm zufügte.

André und Jasmin waren nur ein paar Tage zusammen gewesen.

Während beide im Hinterzimmer des Biologielabors die Regale mit den tierischen Exponaten aufräumten, eine Aufgabe, die sie freiwillig übernommen hatten, küssten sie sich. Plötzlich ging die Türe auf und eine zornige, spöttisch lachende Luzia stand da.

Jasmin kannte Luzia aus der Chor-AG. Beide waren fremdsprachlich begabt, dennoch hatte sich Jasmin für den naturwissenschaftlichen Zweig entschieden.

Voller Inbrunst machte Luzia ihr Vorwürfe.

„So eine bist du! Spannt der Freundin den Freund aus!"

Jasmin war nicht klar, was gerade passierte. André erklärte Luzia erst jetzt, dass sie keine Beziehung hatten.

„Mach keinen Aufstand Luzia!"

„Du Schauspieler!"

Jasmin reagierte nicht. Ihre stille Handlungsweise war gleichzeitig ihre Stärke. Sie wurde Zeugin einer Situation, die sie sehr belastete. Sie verließ den Raum mit der Hoffnung, dass beide die Sache klären würden.

Die beiden jungen Frauen, die einmal in der Kirche mit der gleichen Leidenschaft den Preis der Anerkennung entgegengenommen hatten, als sie zusammen You raise me up, ein traditionelles schottisches Lied, gesungen hatten, waren sehr unterschiedlich.

Luzia erweckte bei Jasmin den Eindruck, komplett von ihren negativen Emotionen beherrscht zu werden, anstatt die Situation von Grund auf zu bewerten. „Ich will nicht in der Liebe benachteiligt werden wegen meiner sozialen Herkunft", betonte sie. Das war für Jasmin Gerede, das vorne und hinten nicht passte. Jasmin bat sie um ein Gespräch, was anfangs nicht möglich schien. Es musste Zeit vergehen, bis Luzia klar wurde, dass nicht Jasmin das Übel war, sondern der Schauspieler, der sie stehen gelassen hatte. Aber bevor sie mit Luzia sprechen konnte, beendete Jasmin das aufkeimende Gefühl für André.

Er war ihr erster Junge, er küsste so gut, aber war ein Dummkopf.

André fand die drei, und er sprach mit Jasmin, als Jola sich mit Fredi entfernt hatte. „Ich wollte nicht, dass es soweit kommt, ich glaube nicht, dass etwas Schlimmes daran ist. Ich musste auf jeden Fall etwas tun; darum bat ich Jola, mit dir zu sprechen. Ich versuche, ehrlich zu dir zu sein, mir war bange vor deiner wiederholten Zurückweisung."

„Ehrlichkeit hat für dich eine andere Bedeutung."

„Jasmin, ich empfinde für Luzia nichts mehr."

„Du willst sagen, Schuldbewusstsein ist nicht dein Ding."

Nach diesem letzten Satz herrschte Stille zwischen beiden, als ob aller Sauerstoff und alles Licht aus der großen Halle herausgezogen worden wären.

„André es ist vorbei, verlier keine Zeit, und nerv mich nicht!"

Ein Sonnenstrahl blitzte durch die Wolkendecke, wärmte jeden Millimeter ihres Gesichtes, verschwand für einen Moment, versteckte sich wieder, kam ganz hervor, erhellte schließlich einen Teil des Platzes und auch ihn, den der Sonnenstrahl mehr als nur blendete. Als Jola und Fredi später zu ihr kamen, war keinerlei Veränderung in Jasmins Verhalten zu sehen. Sie erzählte Jola nicht, was geschehen war, wie André enttäuscht weggegangen war. *Ich liebe dich, mein Häschen, meine Schildkröte, meine Schlange, meine Schöne, meine verdammte Quälerin, meine ...*

Jasmin war froh, gemeinsam mit den anderen in der Menschenmenge untertauchen zu können. Sie war erleichtert, nicht allein sein zu müssen; vor allem freute es sie, dass sich ihre Cousine die ganze Zeit mit Fredi unterhielt und Späße machte, damit sie Zeit hatte, die vorherige Situation noch einmal zu überdenken. Eine gute halbe Stunde blieb Jasmin äußerlich still in diesem vergnüglichen Karneval, dieser verrückten Atmosphäre, bis Fredi sich von beiden mit einem brüderlich freundschaftlichen Kuss verabschiedete. „Tschüss Leute, es ist schon spät! Ich habe noch zu tun." Zuletzt richtete er seinen Blick auf Jasmin und grinste.

Die beiden Cousinen blieben noch eine Weile zusammen.

In der Nähe von Fredis rechtem Ohr war die Spur eines Kusses zu sehen gewesen, den Jola ihm aufgedrückt hatte, was sie aber nicht zugeben wollte. „Was ist schon ein Kuss? Er wird mit Wasser oder einem Glas Wein weggespült, gereinigt, desinfiziert, " hatte sie ihrer Cousine geantwortet, als Jasmin unbedingt mehr erfahren wollte. Jola offenbarte, dass sie sich vorstellen könne, an Fredis Seite zu sein. „Er ist ein Mann und verhält sich auch so." Jasmin wunderte sich. „Ist das dein Ernst? Du und Fredi?"

Jola mit ihrem schelmischen Blick konnte man nicht ernst nehmen, daher sprach Jasmin nicht weiter, aber sie verstand, dass Fredi Jola nicht die Gelegenheit gegeben hatte, eine Beziehung einzugehen. Obwohl Jola bestimmt versucht hatte, von der sich bietenden Chance zu profitieren, nachdem sie das Treffen von Jasmin und André als den Beginn einer zukünftigen Freundschaft bezeichnet hatte.

Nachdem Jasmin das Gymnasium abgeschlossen hatte, ein Jahr und einen Monat bevor sie die Praxis des Doktor Pela betreten und dort von ihrer Schwangerschaft erfahren hatte, nutzte sie die ersten vier Monate, um die englische Sprache lebendig zu erhalten und weiter zu vertiefen. Die Bücher, die ihre Mutter aus Australien schickte, meist Romane junger Autoren, die unterschiedliche Themen des Studentenlebens beschrieben, gaben ihr bald das Gefühl, dazu zu gehören.

Der Vorschlag, Unterricht zu nehmen, kam von ihrer Mutter, unterstützt von Fredi, dem jungen Übersetzer.

Dieser freute sich, Jasmin behilflich sein zu können. Beide einigten sich darauf, zwei Mal pro Woche eine Stunde lang Englisch zu lernen.

Ihr Schlafzimmer, das in letzter Zeit in ein Studierzimmer verwandelt worden war, lag auf der zweiten Etage der Villa. Das Zimmer trennte eine dicke Wand von Emmas Zimmer und dem der Eltern, die dort schon lange Zeit nicht mehr übernachtet hatten. Es war in hellem Nussbaum möbliert, mit einem großen Bücherregal, sechs Etagen hoch vollgestopft mit Literatur, kunstgeschichtlichen Büchern und Musikpartituren. Ein übergroßer Kleiderschrank stand neben der Balkontür, der Schreibtisch neben dem zweiflügligen Fenster, darauf die Schreibmaschine und eine alte bronzene Lampe mit langem Gestänge und einem Schirm in Form einer Stumpfpyramide. Ein einzelner Sessel und ein Dreisitzer mit rotem Bezug bildeten einen unabhängigen Bereich im Zimmer. Das Bett aus Eisen war eigens für sie gefertigt, auf jedem Pfosten eine vergoldete runde Kugel. Tagsüber bedeckte sie ihr Bett mit einer dunkelroten Seidendecke. Der Boden aus Lärchenholz war honigfarben geölt. An der Wand hing außer dem Holzkreuz über ihrem Bett als einziges Bild das einer Katze mit ihren kleinen Jungen.

Fredi fiel es leicht, einen Lehrplan zu gestalten. Nach zwei Wochen Unterricht überraschte er Jasmin mit einer Prüfung, deren Ergebnis ihn positiv erstaunte und ihm nahe legte, ihr zu sagen, was er ihr verschwiegen hatte, nicht hatte sagen wollen, weil es nicht seiner Art entsprach: Dass sie eine hervorragende Übersetzerin sein könnte.

Jasmin hingegen bewunderte seine Fähigkeiten, aber nicht nur das: auch seine Bildung, und seine Art Gespräche zu führen. Es passte nicht in das Klischee, Fremdsprachen seien die einzige Stärke eines Übersetzers.

Jasmin wusste, dass Fredi während seiner kurzen Karriere als Übersetzer für viele Prominente der verschiedensten gesellschaftlichen Bereiche gearbeitet hatte. Sie war von seinen Fähigkeiten als Dolmetscher voll überzeugt, da es ihm mit Leichtigkeit gelang, durch die Membran der Feinheiten und Kniffe einer Sprache zu gelangen. Gleichzeitig war sie ihm dankbar für sein hilfreiches Können, was sie ihm mit einem brüderlichen Kuss am Ende des Lehrgangs bewies.

Er dagegen hatte anderes erwartet.

Viele junge Frauen wären glücklich gewesen, einen solchen Freund zu haben, sie hätten viel getan für eine Beziehung, die wie eine Kerze an kalten Winterabenden brannte.

Eine dieser Frauen war Jola. Aus ihrer Sicht war Jasmin der Grund, warum Fredi an ihr kein Interesse hegte.

Als er eine Annäherung wagte, fühlte sich Jasmin zwiespältig.

„Du fühlst etwas. Mehr als du denkst. Trotzdem bleibst du kalt", äußerte Fredi sehr vorsichtig.

Sie senkte den Kopf und wurde rot.

Er wartete auf eine Antwort.

Sie hob den Kopf, blickte ihm in die Augen.

Er stand unbeweglich, war kurz davor gewesen, sich ihren Empfindungen zu nähern, ihrem Wunsch nach einem Kuss.

Sie hatte immer den Mut gehabt, auszusprechen, was sie dachte. Das war eine ihrer Stärken, wodurch Jasmin innere Klarheit zeigte, die so wunderbar mit ihrem Äußeren harmonierte.

Bei diesem letzten Treffen erfüllte sie sich ihren Wunsch nach wohltuenden körperlichen Gefühlen nicht. Sie strapazierte in unübersehbarem Ausmaß ihr Herz, das in Alarmzustand versetzt war von der Geschwindigkeit des Blutes in ihren Venen. In diesem kurzen Moment des Wartens erschienen vor Jasmin die Bilder ihrer Freundschaft, die sie in einem Satz formulierte. „Ich empfinde dich als eine Art guten Freund ..." Sie vollendete ihren Satz nicht, erforschte ihn, bis in seine Augen ein ausgeglichener Ausdruck trat.

Er machte gedanklich einen Schritt rückwärts.

Die feurige Röte ihres Gesichts verschwand nicht; die Melodie ihrer Stimme blieb unverändert. Dann richtete sie den Blick in die Ferne, um den inneren Zwiespalt zu verbergen.

„Lass uns so bleiben, wie wir sind!" Es war erleichternd für sie, diese Worte auszusprechen. Das abfällige Wort damals von Luzia, dass sie ihrer Freundin den Liebhaber ausspannen würde, hatte sie sehr verletzt, weil sie so nicht war. Wenn sie auf ihre innere Stimme hören würde, würde sie mit diesem Mann Liebe machen. Aber wieder stand ihr jemand im Weg. Jola. Obwohl aus den beiden kein Paar geworden war. „Ich empfinde nichts für dich."

Fredi zog die Brauen nach oben und senkte den Blick, richtete ihn dann auf sie, verzog den Mund und brachte kein Wort heraus. Sie standen einander gegenüber.

Ein starker Wind wehte in ihren Köpfen, ohne Aussicht auf Windstille. Er war so stark, dass sie weitergehen mussten. Sie schritten nebeneinander auf dem kalten Asphalt in der Nähe der Severinstorburg. Zwischen ihnen und dem Restaurant gegenüber lag, für den Winter gerüstet, der mit Thuja-Zweigen bedeckte Rosengarten.

Keiner von beiden konnte verstehen, dass sie nicht in der Lage waren, die Dominanz eines Gefühls, das für die Lebendigkeit einer Liebe sorgt, festzuhalten.

Am Ende blies der Wind warm in ihren Köpfen, er kam von Süden und vertrieb den alten Status ihrer Freundschaft nicht.

Zusätzlich zum Englischunterricht verbrachte Jasmin an drei Tagen die Woche zwei Stunden im Fitnessstudio. Eine Stunde am Tag genoss sie im Badezimmer, verwöhnte sich zusätzlich einmal pro Woche in der Badewanne. Jeden Tag ging sie mit Emma in die Kirche, danach spazierten beide miteinander am Rhein entlang. In den frühen Morgenstunden, und wenn sie nach Hause kamen, spielten beide häufig Gitarre und sangen alte Lieder. Dann stieg Jasmin in ihr Atelier in der dritten Etage und malte Landschaften, Bäche und Flüsse, Blumen und

Bäume. Die Farben entsprachen nicht denen der Natur. Sie gab dem Wasser gelbe Farbe, knallrosa getupft malte sie Blumen, die Bäume grundsätzlich rot, in den Hintergrund platzierte sie Schattierungen blauer Tierspuren und nannte das Bild „Langweilige Natur".

Zuvor hatte sie ein goldenes Nachttischlämpchen, das auf der Ecke eines kleinen Tisches in einem dunklen Zimmer stand, gemalt. Wenn man sich auf das Bild konzentrierte, erkannte man den Schatten eines Bettes, auf dem ein Eselsohr lag.

Nach dem Mailandurlaub, der geprägt war von der Erinnerung an den jungen Mann, der seiner Sucht unterlegen war, hatte Jasmin mit der Malerei begonnen. Stundenlang hatte sie Karikaturen gemalt, geschwollene deformierte Gesichter, als ob man durch eine dicke Glasscheibe blicke, bis ihre Eltern darauf aufmerksam wurden. Daraufhin schickten sie Jasmin in einen Kurs, damit sie die Technik des Malens lernte.

Weil sie ein eher zurückhaltendes Kind und auch sehr schwer einzuschätzen war, wann es ihr gut und wann schlecht ging, wann sie verletzt oder ausgeglichen war, konnten Friedrich und Christine durch die Bilder in ihre innere Welt und deren Geheimnisse blicken. Mit der Zeit hoffte die Mutter, ihre Welt besser verstehen zu können, aber

Jasmin beendete das Malen. Ihre Werke packte sie in große Kartons, steckte die Staffelei in einen gelben Müllsack, räumte Farben und Pinsel in einen Schrank, verschloss ihn und versteckte den Schlüssel so gut, dass sie ihn später selbst nicht mehr finden konnte.

Anstatt zu malen, schrieb sie nun Kurzgeschichten.

Die besorgte Mutter schlich manchmal in ihr Zimmer und las in dem auf dem Tisch vergessenen Heft.

Christine zeigte es ihrem Mann.

„Sie wird Schriftstellerin, ungewöhnlich in unserer Familie."

Ein anderes Mal skizzierte Jasmin neben die Geschichten Bilder, die die Geschichten visualisierten.

Am Esstisch unterhielten sich die Eltern nun häufig über Literatur, deutsche Klassiker wie Goethe und Schiller und deren literarische Werke. Sie bedrängten Jasmin, einen Fernkurs für Schreiben zu besuchen. Es dauerte nicht lang, bis sie nicht mehr schrieb, ihre vollgeschriebenen Hefte in eine Kiste stopfte und sie in einer Ecke ihres Zimmers vergaß.

Jetzt malte Jasmin wieder, diesmal Portraits.

Drei Tage nach der Rückkehr von ihrer großen Reise nach Italien, die auch die letzte war vor Friedrichs beruflicher Veränderung, erzählte Jasmin ihrer Mutter, dass sie auch Chemikerin wie sie werden wolle, vom Schreiben und Malen werde sie sich für immer verabschieden.

Die Eltern widersprachen ihr nicht und schlichen ins Malstudio. Alles war aufgeräumt und für die Ewigkeit verpackt.

Die Mutter hatte versprochen, sie werde sie unterstützen. Sie sei stolz auf ihre Tochter, die mit ihren Fähigkeiten an den größten Universitäten der Welt würde studieren können. Das Verhältnis zwischen beiden wurde herzlicher. Christine sagte ihr oft, dass sie sich Jasmin gut als Chemikerin vorstellen könne. Sie sah in ihrer Tochter viel von sich, auch von Emma und Lana, einiges aus einer anderen, vergangenen Zeit.

Nach dem Ende des Englischunterrichts waren die Tage für Jasmin eintönig geworden. Sie wollte die Ärmel hochkrempeln, sich selbst und die Freuden des Alltags vor dem Nichtstun retten und sich eine Beschäftigung suchen, um die Zeit bis zum Studienbeginn zu überbrücken.

Nach einem Monat voller Bemühungen und in der Hoffnung, wegen ihres Abiturs eine Tätigkeit in einer kulturellen Einrichtung zu finden, las sie zufällig in einer überregionalen Zeitung von einer Arbeitsstelle als Bibliotheksmitarbeiterin, befristet auf ein halbes Jahr und viele Kilometer von Köln entfernt. Jasmin bewarb sich. Sie war überwältigt von der Überzeugung, zu erleben, wie sie sich selbst mit eigener Kraft den Weg in einer ungewissen fremden Umgebung bahnte, in einer Stadt im Norden Baden-Württembergs.

Jasmin versuchte, Emma ihr Weggehen zu erklären, als sie deren Widerstand wie eine hohe Mauer spürte: „Köln zu verlassen, ist keine gute Idee!"

Ohne zu zögern, übersprang sie diese mit Überzeugungskraft, ohne die geringste Abschweifung und mit dem Vorsatz, Emma zu widersprechen.

„Wie kann ich später in Australien allein zurechtkommen, wenn ich nicht weiß, wie das Leben außerhalb meiner Stadt ist, wenn ich eine solche Möglichkeit bekomme und diese nicht nutze?"

Christine, in Australien am Telefon, fand die Idee ihrer Tochter gar nicht so schlecht, wünschte ihr Erfolg. So schnell wie möglich würde sie Friedrich, der sich zu dieser Zeit irgendwo in Osteuropa befand, von dieser guten Nachricht berichten. Sie konnte sich nicht sofort mit ihm in Verbindung setzen. Es waren die Jahre, in denen West und Ost durch eine Betonmauer, die die Russen gebaut hatten, voneinander getrennt waren, eine Mauer, die Deutschland in zwei Hälften teilte.

Christine wusste, diese Nachricht würde ihren Mann erleichtern; endlich würde er hören, dass seine Tochter auf dem richtigen Weg war, ihre Entscheidungen alleine zu treffen. Er würde sagen: "Es hat sich gelohnt, was wir für ihre Erziehung getan haben."

Nachdem Jasmin die verlangten Unterlagen zum Vorstellungsgespräch mitgebracht hatte, ließ die Antwort keine Woche auf sich warten. Neben der Zusage, als Praktikantin in der Bibliothek angestellt zu werden, waren nochmals ausführlich die Tätigkeiten, die sie ausüben würde, erklärt, wann sie erwartet wurde und welche Adresse ihre zukünftige Wohnung hatte. Außerdem steckte in einem Kuvert ein kleiner Stadtplan, auf der mit einem roten Stift extra markiert war, wo sich Rathaus Bibliothek und ihre Wohnung befanden. Die Reise zu ihrer Mutter nach Australien als Alternative für den Fall einer Absage der Stadtverwaltung Wertheim lag nun in weiter Ferne.

Die einfachste Möglichkeit, nach Wertheim zu gelangen, war der Zug. Sie würde mit dem ICE fahren müssen, dann mit der Regionalbahn noch zwei Mal umsteigen.

Es war Mitte der Woche, der 4. Februar 1981, ein kalter Winter mit einem klaren hellen Himmel und einer strahlenden Sonne, deren Wärme kaum zu spüren war. Es war der Tag der Selbstbestimmung, ein besonderer Tag.

Jasmin genoss den Moment, sah ihre Umwelt plötzlich mit anderen Augen. Ein zartes leichtes Rosa, im Hintergrund leuchtend rote Rosen, die sich hoch in Richtung der Sterne rankten, an einer aus Stein gehauenen Säule empor, die sich ständig verlängerte. Auf der Spitze der Säule stand eine Statue, die Freiheit symbolisierte, in einem weißen Kleid, das im Wind der ersten romantischen Frühlingsabende wehte, die vielerlei Arten guter Stimmungen mit einer großen Auswahl schöner Farben und zauberhafter Gerüche herbeitrugen.

Jasmin nahm gelassen im Erste-Klasse-Waggon Platz, in der Ablage über sich verstaute sie ihr Gepäck. Die Ikone der Heiligen aus Lindenholz war zwischen den Kleidungsstücken sicher verstaut, um sie während der Fahrt vor Stößen zu schützen.

„Bewahre sie gut, sie wird dich vor bösen Geistern schützen!", hatte Emma gemahnt, als sie die Tasche verschloss, immer noch enttäuscht, über die Entscheidung ihrer Enkelin. Noch mehr enttäuscht aber war sie von der übertrieben liberalen Art der Schwiegertochter, die die Rolle der Mutter in Emmas Augen nicht so ausfüllte, wie es sich gehörte. Sie übertrieb wieder einmal und riss Emmas Weidenzaun der Moral ein, den sie zum Schutz der Enkelin vor unangenehmen Erfahrungen geflochten hatte.

Das Mobiliar würde Jasmin gestellt bekommen, weil ihre Wohnung in einem Hochhaus, hauptsächlich bewohnt von älteren Menschen, bereits eingerichtet war.

Das Haus gehörte einem Mann mittleren Alters, der Mitarbeiter einer Hilfsorganisation gewesen war. Es gab Gerüchte, dass er von der Organisation finanzielle Unterstützung bekam, nur für seine blendende humanitäre Idee, alten Menschen, die verlassen waren, oder solchen, die alleine leben wollten, weit weg von ihren Häusern, die überflüssig und reparaturbedürftig waren, die Möglichkeit zu geben, ihren letzten Lebensabschnitt ohne jegliche Verpflichtungen genießen zu können. Ein Dach über dem Kopf, mit der Möglichkeit, sich den Alltag zu erleichtern.

Das Hochhaus stand in einem Stadtteil hoch über Wertheim, dem Wartberg, zwischen dichten hohen Nadelbäumen, von wo aus man nachts hinab auf die Lichter der Stadt und den Rauch aus den Kaminen der Häuser blicken konnte. Nachts und auch am Tag, zu jeder Jahreszeit ein poetisch inspirierendes Panorama: die Tauber, die die Stadt unterteilte und mit herbstlich weißen Nebelschleiern Illusionen einer schläfrigen Stadt, versunken im Wasser, heraufbeschwor, oder die beiden Kirchtürme, die wie zwei Raketen versuchten, nach oben zu starten.

Von jeder Ecke der Stadt aus erblickte man die stolze, beeindruckende Ritterburg. Seitlich unterhalb der Burg, an einem Hang nahe dem Main, lag der jüdische Friedhof, die Namen der Toten auf Steinplatten, überwuchert von Moos, erobert von den Trieben wilden Weines und von wilden herabgefallenen Äpfeln übersät. Im Herbst plätscherte ein harmloser Bach, der aus einer Felsspalte kam und in der Kanalisation unter der Straße verschwand, im Sommer trocknete er aus, und in seinem Bett wuchs wilder Löwenzahn.

Der ehemalige Mitarbeiter der Hilfsorganisation gehörte jetzt zu den Reichen der Stadt, moralisch wie auch finanziell, weil er sein Projekt auf andere Städte ausdehnte und dadurch älteren Menschen, die dieses Angebot angenommen hatten, die letzten Jahre ihres Lebens wirklich erleichterte.

Empfangen wurde Jasmin vom zuständigen Beamten für die kulturellen Einrichtungen der Stadt. Ein gelblicher Typ mit schmalem Gesicht, großen Ohrmuscheln an seinem kleinen Kopf, wie bei einem neugeborenen Gorilla. Nach einer kurzen Begrüßung verließen sie, ohne Zeit zu verlieren, das Büro, um Jasmins Arbeitsplatz aufzusuchen und sie der Bibliothekarin, die gerade Bücher in die Regale einräumte, vorzustellen.

Die städtische Bibliothek in einem alten Gebäude vermittelte von außen den Eindruck einer großen Villa, und ihr Baustil gehörte in ein anderes Jahrhundert, wie ein urzeitlicher Bison, umgeben von hohen Bäumen, die sie auf den ersten Blick sehr groß erscheinen ließen. Sie stand in der Poststraße, abends von Scheinwerfern angestrahlt, sodass man dachte, es wäre Tag. In der Nähe lagen der Bahnhof und eine Busstation hinauf zum Wartberg, dem sogenannten "eroberten Stadtteil", auf dem zu dieser Zeit viel Lärm durch Militärfahrzeuge aus der nahe gelegenen amerikanischen Kaserne herrschte.

Als beide die Bibliothek betraten, warf Marita ihnen einen freundlichen Blick zu, ging auf Jasmin zu, begrüßte sie und gab ihr das Gefühl, herzlich willkommen zu sein.

„Ich glaube, du kannst jetzt zufrieden sein", sagte der Beamte in einem Ton, mit dem er zeigen wollte, dass ihre Sorgen überflüssig waren, nachdem die neue Mitarbeiterin im Vorstellungsgespräch mit Zeugnis und Lebenslauf auf den ersten Eindruck überzeugend gewirkt hatte. Aber auch aus menschlicher Sicht, wie Marita auf den ersten Blick erkannte.

„Wir hören voneinander", waren die letzten Worte des Beamten, ohne jemanden direkt anzusprechen. Worte, die in der Luft hingen, während er sich mit einem warmherzigen „Guten Tag" entfernte.

Marita begann ein privates Gespräch, nachdem sie Jasmin erzählt und gezeigt hatte, wie der Tag in einer Bibliothek ablief.

Sie war glücklich, endlich wieder schwanger zu sein, und diese Schwangerschaft schien gut zu verlaufen, nicht wie frühere Schwangerschaften, bei denen es nur Schmerz und Tränen gab und am Ende ein totes Kind.

Marita hatte in ihrer letzten Arbeitswoche noch mal aufgefrischt, wie ein Tag in der Bibliothek abläuft und würde auch weiterhin bei Fragen mit Ratschlägen helfen. „Ich erwarte nicht, dass du in einer Woche die Aufgaben einer Bibliothekarin mit einem Fingerschnipp erledigen kannst."

Marita sagte dies, während Jasmin die Kartei studierte, um die Bücher, die nicht zum vorgegebenen Termin abgeliefert worden waren, zu finden.

„Es gibt schwarze Schafe, die die Bücher zu spät bringen. Bleib streng, und kassiere Bußgeld! Schau mal", sie wies mit dem Finger an die Wand. „Jede nicht gemeldete Verspätung kostet. Komm mal, komm!" Sie deutete auf ein Blatt an der Wand, auf dem in fett gedruckten Buchstaben die Informationen und Regeln standen, auf die die Leser achten sollten. Außerdem erklärte sie nochmals, wie Jasmin sich Ruhestörern gegenüber verhalten sollte. „Manchmal kommen Typen, die von Aussehen und Verhalten Ähnlichkeit mit Männern aus einem anderen Jahrhundert haben. Wie in den Büchern, in denen reiche Frauen Männern mit schönem Körperbau die Regeln guten Benehmens beibringen mussten." Beide lachten.

Jasmin räumte Bücher aus den Regalen, fuhr danach mit einem feuchten Tuch über das Holz und räumte sie anschließend wieder ein.

Marita saß neben ihr, halb auf einen Stuhl gelümmelt. Sie hatte schon die ganze Woche Rückenschmerzen gehabt. „Nur noch sechs Wochen, dann ist es soweit."

Jasmin fiel es nicht schwer, den Erklärungen der Kollegin zu folgen und diese auszuführen; schon in den ersten Tagen, in denen sie alleine war, legte sie eine Sicherheit an den Tag, als ob sie diesen Beruf bereits jahrelang ausgeübt hätte.

Jasmin gefiel ihre direkte Art, sodass sie Marita während des Mutterschutzes oft anrief und nach ihrem Befinden fragte, und als sie von den vorhergehenden schwierigen Schwangerschaften erfuhr, betete sie jeden Tag für sie in der Kirche.

Als die Bibliothekarin ihr Kind bekommen hatte, telefonierten beide noch öfter miteinander, auch zwei Verabredungen in der Stadt waren geplant, die aber nie stattgefunden hätten, wenn Marita sie mit ihrem Neugeborenen nicht überraschend besucht hätte. Im Café Göpfert tranken sie einen

Kakao. Jasmin hatte das erste Mal Kontakt mit einem Baby, fand den Kleinen niedlich, als er brav in seiner Schale schlief. Seit Maritas Weggehen hatte der junge Beamte Jasmin schon mehrfach in der Bibliothek besucht. Erwin kam, betrachtete die Bücherregale und warf einen Blick auf die Karteien. Jedes Mal, wenn er Jasmin besuchte, sagte er dieselben Worte: „Guten Tag, wie geht es Ihnen, ist alles in Ordnung?"

„Hallo, mir geht es gut, und alles ist in Ordnung", lautete jedes Mal die Antwort.

Jasmin fühlte sich alleine in dieser Stadt und dachte manchmal daran, den Arbeitsvertrag vorzeitig zu beenden und zurück nach Köln zu ihrer Oma zu fahren, um wie vorher weiterzuleben. Aber diese Gedanken kamen immer seltener, bis sie ganz verschwunden waren, weil sie jeden Tag zweimal mit Emma telefonierte und zweimal pro Woche mit ihrer Mutter, die ihr Mut machte, das Praktikum durchzuziehen.

Regelmäßig ging Jasmin in die Kirche. Es dauerte keine drei Minuten von ihrem Arbeitsplatz aus, die Kirche zu Fuß zu erreichen. Wenn sie mit der Arbeit fertig war, machte sie einen kleinen Spaziergang durch die Stadt oder trank, je nach Laune, eine Tasse Kakao im Café Göpfert, bis es Zeit für den Abendgottesdienst war. In der Kirche waren meist ältere Gläubige, von denen ihr einige erstaunte Blicke zuwarfen. Blicke voller Zufriedenheit, Blicke, die mehr als Worte sagten.

Nach dem Gottesdienst ging Jasmin zur Bushaltestelle. Der Bus der Linie Wartberg war voller Menschen, die meisten hatte sie schon in der Kirche gesehen.

Ein Mann, dessen Gesicht ihr bekannt vorkam und der seinen Blick nicht von ihr abwandte, kam zu ihr und sagte, dass er sie gesehen habe und glaube, sie sei keine Wertheimerin. Er hätte sie schon längere Zeit in der Kirche beobachtet, entschuldigte sich aber gleichzeitig dafür, da dies nicht seiner Art entspreche. „In letzter Zeit sind beim Gottesdienst nur alte Menschen, die Jungen lassen sich nur selten blicken, und die, die kommen, sind diejenigen, die die Hoffnung verloren haben oder Leere in ihrer Seele spüren. Aber ich habe sie jetzt schon öfter gesehen, sie machen so einen sympathischen Eindruck und scheinen wirklich aus Überzeugung zu kommen. Darüber freue ich mich." An den Wochenenden verbrachte Jasmin die Abende meist im Kino, obwohl manchmal der Wunsch, ins Theater in die nur fünfundvierzig Kilometer entfernte Nachbarstadt Würzburg zu gehen, übermächtig war.

Wenn das Wetter schön war, spazierte sie in der Mittagspause an Main oder Tauber entlang, vorausgesetzt, es fiel kein Regen. Diese kleinen Spaziergänge, nahmen kein Ende, bis sie die Stadt verließ.

Wie oft hatte sie die Mündung der Tauber in den ruhig dahin fließenden Main betrachtet. Die Schwäne und Enten am Ufer schnappten schreiend nach Brotkrusten, die die Spaziergänger ihnen zugeworfen hatten

Sie hatte eine Cordjacke mit Kapuze und eine blaue Cordhose getragen. So wie am ersten Tag, als sie in Wertheim ankam. Jasmin klopfte mit der Spitze ihres schwarzen Lederschuhs an einen grauen Fels unter der Odenwaldbrücke, betrachtete die Mündung der rasch strömenden Tauber und blickte auf die andere Seite des Flusses, wo die Enten als einzige Vogelart erfolgreich die getrockneten Brotstücke, die ihnen von Menschen zugeworfen wurden, fingen. Jasmin hatte einen glücklichen Ausdruck im Gesicht und hellen Lichterglanz in ihren blauen Augen.

Am anderen Ufer des Flusses, ein bisschen entfernt, dort, wo Autos geparkt werden, war eine Schulklasse gelaufen, die sie später, an einem schönen Frühlingstag, zufällig zur Mittagszeit unter Aufsicht ihres Lehrers wieder sah. Sie bewegten sich in ihre Richtung. Die Kinder waren schon ganz in ihrer Nähe.

Manche Enten verließen die andere Seite des Ufers und flogen herüber. Ein alter Herr saß auf einer Styroporplatte und zerkleinerte altes Brot in einer Stofftasche.

„Kinder, nicht so nah an das Wasser!" Der Lehrer hatte sich Jasmin genähert, warf ihr einen interessierten Blick zu.

Einer der Schüler, mit einem spitzbübischen Gesicht, schmiss ein Stück seines süßen Gebäcks heimlich ins Wasser.

„Wenn ich nichts zerkleinern würde, dann würden die Enten den großen Brocken hinterher schwimmen", murmelte der alte Mann. „Guten Tag", grüßte er.

Jasmin schaute kurz auf den Lehrer und dann auf die weiße Stofftasche neben dem alten Mann.

„Wissen Sie, sich mit Wasservögeln zu beschäftigen, ist nicht jedermanns Sache. Sehen Sie!", der alte Mann zeigte mit dem Finger in deren Richtung, „sie quaken, sie sagen ‚willkommen' und zeigen ihrem Wohltäter Dankbarkeit."

Jasmin wollte über diese Bemerkung lachen und mehr noch über den Lehrer mit dem Gesicht eines Komikers. Seine theatralischen Züge kamen ihr bekannt vor.

„Wenn Sie oft hierher kommen und eine enge Beziehung zu den Vögeln aufbauen, werden Sie so wie ich diese Meinung vertreten."

Jasmin gab keine Antwort, auch der Lehrer nicht, alle blickten auf die kleinen Brotstückchen an der Oberfläche des Wassers, die nicht lange dort blieben.

„Wollen Sie es auch versuchen?" Der alte Mann streckte beiden die Tasche entgegen. „Sie können es probieren. Gucken Sie, wie die Enten reagieren!"

Der Lehrer lehnte dankend ab.

Unschlüssig steckte Jasmin ihre langen schmalen Finger in die Stofftasche und sammelte die letzten Brotkrumen zusammen.

Die Enten widerlegten die Theorie des Mannes. *Jeder, der ihnen Essen hinwirft, ist willkommen*, dachte sie.

Der alte Mann schüttelte die Tasche, während der Lehrer Jasmin wie ein Clown eine Grimasse schnitt.

„Schauen Sie bitte, schauen Sie!", sagte der Lehrer hastig. Aus der Gegenrichtung flogen zwei Schwäne niedrig auf sie zu.

„Ah, wie schön!", freute sich der alte Mann, der gerade mit einem „Guten Tag" aufbrechen wollte.

Jetzt hatte der Lehrer sie wiedererkannt. Es war die Bibliothekarin, deren Gesicht ihm aufgefallen war und die ihn beeindruckt hatte. Er schien vergessen zu haben, dass er nicht allein war; glücklicherweise hielten sich die Schüler noch an seine Anweisungen. Er fand Jasmin reizend, wollte sie gerne näher kennenlernen. Sie weckte bei ihm ein Interesse, das er seit über einem Jahr verloren geglaubt hatte.

Sollte er mit ihr über seine Empfindungen reden? Über seine Gedanken, die ständig da waren, wie mit dem verlorenen Gepäck einer endlosen Reise in den Händen auf der Straße der Wirklichkeit marschierten? Paul, der Phantast, dessen Stimmungen stark wechselten. In seiner Beziehung zu Frauen prägten diese Stimmungsschwankungen sein Verhalten, das er oft versucht hatte, unter Kontrolle zu bekommen. Seine Erfolge waren nicht von Dauer und ließen ihn in die Haut eines Komikers schlüpfen. Unbewusst tauchte er in eine Rolle, in die er sich so perfekt eingepasst hatte, dass seine Schwächen unbemerkt blieben.

Es ist Zeit, mich vorzustellen, dachte er. „Ich bin Paul, Führer im historischen Museum. Wegen Lehrermangel unterrichte ich im Moment zusätzlich Geschichte und Sport am städtischen Gymnasium." Er streckte ihr eine Hand entgegen, die sich warm anfühlte. Paul trug ein milchfarbenes Jackett, dessen zweiten Knopf er geöffnet hatte, ein hellblaues Hemd, passend zur grauen Hose, die Krawatte rot mit weißen Streifen, eine Brille mit pinkfarbenem Gestell und eine karierte Schiebermütze.

„Jasmin."

Die Unterhaltung zwischen beiden wurde vom kommenden Ereignis unterbrochen. Sie sah, wie er blass wurde. Wieder der Junge von vorhin, der sich mit seinem strubbeligen blonden Haar sofort aus der Masse der Kameraden hervorhob. Als er seinen letzten Brocken süßes Gebäck ins Wasser werfen wollte, erreichte dieser nicht das Wasser. Der Junge näherte sich dem Brocken, der auf einem Stein am Ufer fest hing. „Kinder", sagte der Lehrer vorsichtig und nahm dabei den Jungen zur Seite, der leicht ins Wasser gerutscht war und

Strumpf und Schuh nass gemacht hatte. „Wir müssen alle die Füße ins Wasser strecken, um zu erleben, was euer Klassenkamerad erlebt hat, wenn man dem Rat seines Lehrers nicht folgt." Alle lachten. Er verlor seine komische Rolle nicht. Sie stand ihm sehr gut. Er war, wie er war, denn diese Rolle spielte er nicht nur bei bestimmten Menschen oder Situationen, sondern bei jedem Schritt, den er in seinem Alltag machte.

Bevor Paul mit den Schülern das Ufer verließ, um zwischen den geparkten Autos hindurch und weiter über die Tauberbrücke zur Schule zu gehen, trennten sie sich voneinander mit Eindrücken und Bildern, die aus dieser zufälligen Begegnung resultierten. Die Klasse marschierte in Zweierreihen hintereinander, am Ende der Lehrer. Jasmin blieb noch eine Weile am Ufer.

Er hatte nicht gewagt, zu fragen, ob sie sich am nächsten Tag in der Altstadt treffen könnten, um von dort ans Tauberufer zu laufen, wo mehrere Veranstaltungen stattfinden würden. Aber er hatte sich erkundigt, ob sie jemals die Tauber in Flammen gesehen habe.

Jasmin hatte seine Absicht erkannt und rasch geantwortet, sie habe schon davon gehört, aber wisse nicht genau, ob sie Zeit habe, da sie mit dem Gedanken spiele, nach drei Monaten Trennung endlich ihre Familie in Köln zu besuchen.

„Es würde ihnen bestimmt gefallen", hatte er versichert.

In den zehn Jahren, die er in Wertheim lebte, hatte Paul schon zweimal die Tauber in Flammen erlebt. Eingebettet in ein interessantes Fest, ein herzliches Fest, auch für die Partnerstädte. Auf der Wasseroberfläche schwammen brennende mit Öl gefüllte Aluminiumteller, bis sie irgendwann von selbst erloschen. Flammen, Dunkelheit, die Stimmen der Menschen und Musik, die den Eindruck erweckte, einem Theaterstück beizuwohnen. Wie in einem Traum!
Die Stadt Wertheim hatte Besuch aus Salon-de-Provence. Überall Menschen, die aus der ganzen Umgebung erschienen waren. Paul unterhielt sich fast den ganzen Abend mit einem Franzosen und hoffte dabei, Jasmin zu treffen. Der Franzose meinte, diese hell erleuchtete Nacht habe Ähnlichkeit mit der Schlacht von Versailles. Flammen, die den ganzen Fluss beleuchteten, im Hintergrund Musik und der Lärm der Menschen. Er war fasziniert gewesen. Beide hatten miteinander ein Bier getrunken und gegrillten Fisch gegessen. Es war auch der Tag, an dem die Fischer ihr Fest feierten – ein großer Tag.

Paul unterhielt sich das erste Mal mit diesem Franzosen, ein lustiger Mensch. Das Fischerfest war mittlerweile auf seinem Höhepunkt angelangt. Als ein Amateurmusiker sein Spiel beendet hatte, ein Stück für Violine von Puccini, trennten sich die Männer.

Jasmin kam an diesem Abend nicht, war aber am Vormittag in der Altstadt gewesen und hatte bei Duffhaus Malutensilien besorgt. Den Nachmittag verbrachte sie in ihrer Wohnung und machte es sich auf dem Balkon gemütlich, um zu malen bis es dunkel wurde. Sie hatte nicht mehr an Paul und seine komikerhafte Art, die ungewöhnlich für einen Lehrer war, gedacht.

Bis sie einander wiedertrafen, vergingen fast zwei Wochen.

Es war der zweite Samstag im Mai. Paul kam früher als sonst in die Stadt, um gelassen seine Einkäufe erledigen zu können. Er hoffte natürlich auch, Jasmin zu treffen.

Auf dem Marktplatz, der sich mit immer mehr Menschen füllte, standen Holzbuden und Stände von Bauern, die ihre landwirtschaftlichen Produkte anboten. Der Lärm der Menschen hatte Ähnlichkeit mit dem Summen einer Käferkolonie, und die Möglichkeit, sich normal zu bewegen, war gering und endete im Rhythmus einer Schildkröte.

Jasmin hatte ihre Einkäufe bereits erledigt, war aber auch in die Stadt gekommen, um unter Menschen zu sein, im Sinne von Erholung und Amüsement. Als sie in südlicher Richtung ging, um dem wachsenden Durcheinander der Menschen zu entfliehen, flüsterte es leise in ihr Ohr: „Wissen Sie, wo wir jetzt sind?"

Jasmin erschrak, verstand aber Pauls Worte nicht, die im Lärm der Menge verloren gingen.

„Wir sind im Süden, in der Mühlensteige", raunte er, angeregt durch den Zufall, sie getroffen zu haben. „Früher musste man, um in die Stadt zu kommen, durch ihre Tore. Im Osten durch die Eichelgasse, im Norden kam aus dem Spessart die Röttbacher Steige ins Tal und im Westen die Vockenroter Steige. Jeder Einwohner muss ein Stück Geschichte der Stadt, in der er wohnt, kennen, etwas Wesentliches, aber viel mehr noch muss das eine Bibliothekarin."

Jasmin fühlte sich von dem Museumsführer, der auch Geschichtslehrer war, mit seinen ständigen historischen Erklärungen, nicht belästigt.

Der Duft von gegrilltem Fleisch stieg ihnen in die Nase. Beide nahmen auf einer Bank vor einer Holzbude Platz.

„Was für Fleisch bieten Sie an?", fragte Paul einen Mann mit rundem Gesicht, wenigen grauen Haaren und einem langen Bart wie Nikolaus.

„Kalb." Der Bauer drehte auf einem elektrischen Spieß ein halbes Kalb, das nicht mit einem fetten Schwein verwechselt werden konnte.

„In Ordnung, ich hätte gerne eine Portion."

„Und ich ein Glas Wasser."

Bis die Bestellung kam, plauderte Paul über Wertheims Geschichte. Er erzählte aus der Zeit von Karl Thomas dem Dritten, als sie die Stadt auch das höchste Land im Wasser genannt hatten. „Und eine Hochwasserskala ist an der Ecke eines Gartenhauses am Tauberufer." Gleichzeitig holte Paul aus seiner schwarzen Ledertasche ein Buch, auf dem glänzenden braunen Umschlag waren das Bild der Wasserskala und das Tauberufer abgebildet. „Schauen Sie!"

Jasmin blätterte vorsichtig in dem Buch, betrachtete die Bilder der Stadt. Das Buch wurde zu diesem Zeitpunkt noch nicht in einer Bibliothek geführt und war erst seit einer Woche auf dem Markt.

Obwohl Paul sehr vorsichtig aß, wie ein vorbildlicher Fachmann für Geschichte in Begleitung einer schönen jungen Frau, glänzte sein Kinn vom Fett, das er sehr oft mit einer Serviette abwischte, die ihm der Bärtige zweimal brachte. „Wieder schmutzig!", seufzte er und rollte seine großen runden braunen Augen hinter den Brillengläsern.

Später spazierten die beiden wie zwei alte Bekannte zusammen durch die Stadt. Er fühlte sich wohl in ihrer Nähe. Und auch Jasmin war von seiner fröhlichen Art angetan.

Ihr wunderbares Wesen verzauberte Paul, und er verglich sie mit einer Viola d`amore.

Bald besuchten sie einander gegenseitig. Beim ersten Mal buk Jasmin einen Kuchen, telefonierte während des Backens mit Emma, um Tipps zu bekommen, verriet aber nicht den Grund des Backens.

Es war Nachmittag, sie saßen sich auf dem zwei Quadratmeter großen Balkon auf blau lackierten Holzstühlen gegenüber, tranken Kaffee und aßen den frisch gebackenen Käsekuchen. Dabei unterhielten sie sich über Gott und die Welt. Jasmin erzählte ihm voller Freude über ihre Lebensziele und dass sie nicht lange in Wertheim bleiben würde.

Er verhielt sich zurückhaltend, hob sehr oft seine Brauen.

Ein Grund für Jasmin, zu lachen.

Als sie ihn zuhause besuchte, hatte er in seinem kleinen Garten einen Grill aufgebaut. Als Jasmin äußerte, dass sie kein Fleisch esse, verschwand er, ließ sie kurz im Garten allein, und zauberte zwei frische Forellen von einem Forellenzüchter in der Nähe herbei. Es war angenehm, unter dem kleinen Nussbaum zu sitzen, die Vögel zwitschern zu hören und ein Glas Rotwein zu genießen. Sie waren gute Bekannte geworden, aber kein Paar.

Er erzählte von seinem Leben. Große Pläne hatte er nicht gehabt, er war ein Reiseliebhaber. Bisher hatte er jedes Jahr zwei Mal Deutschland verlassen und war in ferne Länder geflogen. Paul interessierte sich für alte Kulturen. Als Jugendlicher war er viel mit dem Rucksack dorthin gereist, wo es billig war, und die meisten seiner Reisen hatten ihn in arme Länder geführt.

Er spürte, dass seine neue Bekannte trotz ihrer wissbegierigen Art eher zurückhaltend war, wenn er fragte, ob er sie seiner Mutter oder Freunden vorstellen oder sie zusammen etwas unternehmen wollten. Sie verneinte oft, da sie keine Zeit hätte.

Eines Abends, als er sie nach Hause brachte, wollte er sie fragen, was sie von ihrer Bekanntschaft halte, änderte aber schnell wieder seine Meinung.

An einem Freitag trafen sie sich vor dem Grafschaftsmuseum. Paul kam zehn Minuten zu spät. Währenddessen betrachtete Jasmin hinter den großen Fenstern der Galerie Kober verschiedene Ölgemälde. Ihr erstes Gesprächsthema war Jasmins Malerei.

Paul erfuhr einiges über ihre Leidenschaften und hätte gerne noch mehr gehört.

Jasmin war diejenige, die ihre Bekanntschaft hätte vertiefen können. Bei Paul war von Anfang an der Wunsch da gewesen, eine Beziehung mit ihr aufzubauen. Der Altersunterschied von 16 Jahren war für ihn kein Hindernis.

Als es dämmerte, fuhr er sie bis zu ihrer Wohnung. Beim Abschied reizte sie ein Gefühl, das anders war als die Male zuvor. Sie fühlte eine enorme Hitze in sich, glaubte, auf dem kurzen Stück Weg bis zur Wohnungstür würde ihre Lunge von ihren Herzschlägen aus der Brust gesprengt. Es war schwer, die heiße Luft einzuatmen.

Während Jasmin duschte, gelang es ihr, dieses Gefühl einigermaßen zu beherrschen. Die Vernunft wurde aber immer mehr von dem Gefühl verdrängt, das sie empfand, wenn sie daran dachte, wie Paul ihr beim Abschied die Hand gereicht hatte. Er merkte ihre Anspannung nicht, nicht wie die schönen Gesichtszüge ihre Gefühlsschwankungen zum Ausdruck brachten, die leuchtend blauen Augen den Schleier nicht verbergen konnten, der mehr durch ihre Gefühle entstand, die ständig Widerstand fanden an der hohen Mauer der Vernunft und ihrer Unerfahrenheit und dadurch in einer Sackgasse der Unsicherheit landeten.

Sie trocknete sich ab, legte sich nackt aufs Bett und zog die leichte Decke bis zum Bauchnabel hoch. Die Art, wie sie dalag, war so emotional, dass es leicht fiel, ihre Gedanken zu entschlüsseln. Diese waren überflutet von Gefühlen, die die ganze Zeit im Gegensatz zu den Tabus standen, die ihr anerzogen wurden.

Sie sorgte jetzt dafür, dass es ihr gut ging. Dieses Gefühl wurde schöner und steigerte sich wundervoll. Lust raubte ihr den Atem. Sie stöhnte, als hätte sie nicht nur ihren Finger, sondern das ganze männliche Geschlecht in sich.

Ihr kleines Spielchen hinterließ einen trockenen Geschmack im Mund, danach war sie gesättigt, erschöpft, aber nicht so zufrieden wie wenn sie mit einem Mann zusammen gewesen wäre.

Jasmins Wohnung war klein. Im Schlafzimmer standen ein Kleiderschrank und ein Doppelbett, links davon ein Nachttischchen, dekoriert mit einem weißen gehäkelten Deckchen und einer kleinen Messinguhr, die man von Hand aufziehen musste, sowie der hölzerne Madonnenfigur. Gegenüber an der Wand hing ein großer Spiegel. Küche und Wohnzimmer bildeten zusammen einen großen Raum. Sie konnte also, während sie das Abendessen zubereitete, fernsehen. Unter dem Fenster stand eine rote Couch, daneben der Lehnstuhl, in dem sie ihre Abende verbrachte, bis sie ins Bett ging.

Eines Samstagabends dachte sie ständig an den lustigen Paul, der zur gleichen Zeit die Arbeiten seiner Schüler korrigierte. Es war neun Uhr. Anstatt Paul anzurufen, rief Jasmin Emma an.

Eine Weile später aber telefonierte sie doch mit Paul. Für Paul war es ein deutliches Signal von Verlangen. Es hatte ihm gefallen, wenn Jasmin ihn manchmal in ihrer Mittagspause und wenn er frei hatte, in der Schule abholte. Sie gingen gegenüber in das Café im Krankenhaus, tranken Milchkaffee oder Kakao und aßen ein Plunderteilchen. Meist verabschiedete er sich mit der Hoffnung auf ein Wunder, sie sich mit einem schönen Gefühl, gegen das die Vernunft ankämpfte, die immer lästiger und nerviger wurde.

Es war der erste Tag in ihrem Leben, an dem sie Schwäche gezeigt hatte. Jasmin lag auf der Couch unter einer roten baumwollenen Decke, trug eine dünne rosarote Bluse, darunter einen weißen Slip. Ihre Brüste hatten die Form von Granatäpfeln, geschwollene Spitzen vor Lust, die sie nicht befriedigen konnte. Sie warf einen Blick durch das Wohnzimmer auf die geschnitzte Madonna.

Jasmin empfand diesmal völlig anderes. "Die Seele will alles, auch das Allerletzte, aber die Logik ist diejenige, die sie bremst." Dieser Satz von Emma hatte nun keinerlei Einfluss mehr auf Jasmin, er war bedeutungslos.

Eine heiße Platte glühte nicht nur in ihrer Brust, sondern im ganzen Körper. „Sich einfach ins Wasser legen und die Hitze lö-schen", so hatte Emma ihrer Enkelin geant-wortet, als sie mehr über diese Hitze im Körper wissen wollte. „Nimm eine kalte Du-sche, dann wirst du sehen, wie gut das tut!" Vor der Abreise der Enkelin hatte sie eigent-lich noch mal mit ihr darüber reden wollen, blieb aber still und blickte ihre Enkelin trau-rig an. „Meine Liebe, ruf mich an, egal, was ist!" Tränen liefen über ihr faltiges Gesicht.

Jasmin wischte ihr liebevoll über die Wan-gen, blickte sie mit gerunzelter Stirn an. „Das weißt du doch, Oma", sagte sie und umarmte sie innig, „das werde ich tun. Ich werde dich jeden Abend anrufen, um gute Nacht zu sagen. Bitte, nicht weinen! Ich gehe doch nicht für immer. Ich komme wie-der, und wir werden miteinander die Tage genießen, so wie früher. Wir werden Gitarre spielen, in die Kirche gehen, im Wald spa-zieren und dem Vogelgezwitscher lauschen, und deine und meine Lieblingslieder sin-gen."

Jasmin spielte mit ihrem Schicksal. Mit ih-ren eigenen Händen hatte sie Unheil her-aufbeschworen, einen Sarg aus Brettern genagelt und sorglos ihre Jungfräulichkeit hineingelegt. Sie sah sich selbst, bewegte die Hand, als wolle sie der Studentin in Australien für immer „Lebewohl" sagen. Er läutete an der Tür. Es dauerte, bis sie öffne-te.

Jasmin hatte sich angezogen. „Komm herein!"

Paul schloss die Tür, sie trat an die Küchenzeile und kochte eine Kanne exotischen Tee. Der erstaunte Besucher war trotz dieser neuen Situation, die er ersehnt hatte, zurückhaltend. Er musterte voller Begierde ihre nackten Waden. Sein Blick wanderte nach oben zu ihrem leichten geblümten Rock, weiter den Körper entlang. Die langen blonden Haare hingen bis über die Schultern.

„Ich habe angerufen, weil ich mich alleine fühlte."

Er antwortete nicht. Er war befangen, und Jasmin merkte das. „Trinkst du auch einen Tee?"

„Ein Tee vor dem Schlafengehen ist nicht schlecht", antwortete er mit leiser Stimme. Es war keine Zeit mehr für Worte, sie näherten sich einander und küssten sich ganz zart.

Paul knöpfte mit beiden Händen ihre Bluse auf, mit der Zartheit eines Blinden zog er sie über ihre Arme nach oben. Dann, mit einer leichten Handbewegung, öffnete er den Reißverschluss ihres geblümten Rockes. Nackt trug er sie durch den kleinen Flur ins Schlafzimmer, legte sie vorsichtig auf ihr Bett. Er küsste leidenschaftlich, voll inbrünstiger Sehnsucht ihre Haut. Es war sie, die sagte "noch tiefer". Er bewegte sich in ihrer Nacktheit. Ganz vertraut, als hätte er in seinem Leben nichts anderes gemacht, nur Liebe.

Die Morgensonne ging auf wie eine große rote Scheibe, nahm ihre Reise auf und weckte die zwei Liebenden, die eng beieinander lagen.

Von nun an kam er jeden Tag und blieb viele Stunden bei ihr, wollte nicht mehr weg von ihr. Sie hatte ihn abhängig gemacht, nicht mit dem Duft eines teuren Parfums, sondern mit dem Duft unendlicher Tiefe und den blendenden Farben ihrer Jugend.

Überall entdeckte er ihre Gestalt, an seinem Arbeitsplatz, zwischen Schülern und Besuchern des Museums, im Lehrerzimmer, wo Besprechungen stattfanden. Er sprach andere mit ihrem Namen an, verwechselte sie manchmal mit einer neuen Lehrerin an der Schule. Sie war jung und hatte Ähnlichkeit mit Jasmin.

„Jasmin!", rief er haltlos.

Jasmin kam oft in die „Pfeffermühle", genoss zufrieden die Ruhe dieses Restaurants. Nachdem sie entschieden hatte, die letzten verbliebenen Stunden in der Stadt hier zu verbringen, anstatt am Bahnhof auf den Zug zu warten, saß sie auf dem Stuhl, auf dem sie immer Platz genommen hatte, rief der Bedienung, die gerade am Nachbartisch stand, zu: „Ich möchte ein Glas Wein des Hauses."

Der Wein war ihr nicht fremd. Sie erlaubte sich eine Ausnahme, auch wenn vor ihr eine lange anstrengende Fahrt lag. Der Alkohol in ihrem Kopf schob den gestrigen Tag, der auch der letzte Arbeitstag gewesen war, für einen Moment in den Hintergrund und auch die Gedanken an den wiederholten Versuch des Beamten, ihr Arbeitsverhältnis zu verlängern.

Jasmin war nichts anzumerken gewesen vom Kampf des vorangegangenen Abends in Pauls Wohnung.

Erwins Ziel war es gewesen, sie zum Bleiben zu überreden, auch wenn Marita vor einer Woche ihre Arbeit wiederaufgenommen hatte. „Wenn Sie weiter bei uns arbeiten würden, könnte Marita halbe Tage arbeiten", klangen seine Worte wie eine Kuhglocke. Erwin glaubte, den Grund ihrer Absage zu kennen, zeigte Verständnis. „Ja, ich weiß", betonte er, „ich habe das Studium vergessen."

Paul hatte gewusst, wann ihre Beziehung enden würde. Auf den Tag, nicht auf die Stunde, denn sie hatte ihm erzählt, dass sie ihren Arbeitsvertrag nicht verlängern würde, weil ihr Weg, den sie vor Augen hatte, ein ganz anderer war. Paul nahm das fröhlich wie ein Clown auf, in der Hoffnung, dass diese Beziehung mit seinen vorherigen

Beziehungen nicht die geringste Ähnlichkeit haben werde. Bis sie die Stadt verlassen wollte, würde ihre Beziehung Zeit genug haben, um zu reifen. Jetzt war nur noch ein Abend geblieben, und er wollte die Richtung bestimmen.

Jasmin machte sich Vorwürfe nach diesem Abend, verglich sich mit einem liederlichen Weib, ihn gleichzeitig mit einem gestörten Straßenköter.

Er hatte seinen Heiratsantrag an diesem Abend mehrfach wiederholt. „Meine Liebste!"

Jasmin dachte, er sei auf einen tönernen Krug gestiegen.

„Lass mich dir bitte meine Gefühle und Träume erzählen!" Er stand auf einem Bein und jonglierte. Mit beiden Händen warf er abwechselnd Orangen und Plastikflaschen in die Luft. „Ich liebe dich, ich möchte, dass du meine Frau wirst."

Verängstigt bewegte sie sich von ihm weg in Richtung Tür.

Sie hatten etwas zusammen unternehmen wollen, nach Würzburg ins Theater fahren, und deshalb hatten sie sich bei ihm zu Hause getroffen.

„Lass uns gehen!", sagte sie.

„Wieso so eilig, Schatz?"

In ihrem Herz spürte Jasmin einen Stich.

„Und wenn wir fünf Minuten zu spät kommen, werden unsere Karten nicht verfallen.

Dieses verdammte Theater ist nicht am Ende der Welt." Er näherte sich Jasmin.

Sie machte einen Schritt nach hinten.

„Paul, was ist los?"

Seine Augen, sein Gesicht verrieten, was in seiner Seele kochte, der Holzboden knarzte, während er einen weiteren Schritt auf sie zukam. „Ich möchte heute nirgends hin."

Als er nach Atem rang, schrillte es in ihren Ohren. „Jetzt nicht. Bitte nicht, bitte ...!" Er griff mit einer behaarten Hand nach ihren Lippen, mit der anderen packte er sie zwischen den Beinen. In seinen Augen lag der Wunsch, ihre Lippen und festen Brüste mit seinen kleinen dicken Fingern zum letzten Mal zu packen und zu küssen. Ein langer Kuss, ein Kuss ohne Ende. Ein Kuss, der sie erstickte. Die Leidenschaft, mit der sie ihn geliebt hatte, sättigte ihn nicht. Ihre Kurven waren die einer Frau, die ihm das Herz aus der Brust riss, dann mit einem geschärften Beil wie ein Stück Holz in der Mitte spaltete, seinen Verstand verwirrte und ihn zu Boden stürzen ließ.

Ein wilder Kuss. Der erste dieser Art, den sie bekommen hatte. Ihren Körper durchdrang eine dicke Rute aus Eisen, die in ihrem Inneren ein Erdbeben verursachte. Jasmin wand sich wie ein Fisch, der sehr professionell mit den Händen gefangen worden war. Plötzlich konnte sie nicht mehr richtig atmen, ein Schrei drang aus ihrer

Kehle, zischend atmete sie ein. Sie verabscheute ihn. Sie empfand Ekel dabei, seinen Speichel, der jetzt wieder fremd war, und seinen Geruch zu schmecken, als ob sie ohne Unterbrechung kotzen müsste.

Es war kein Kuss voll Verlangen, sondern ein Kuss der Vergeltung. Ein Kuss der brutalen Art, unerwünscht, das Drängen seiner Zunge an ihren geschlossenen Lippen, ein Brecheisen an vernagelter Tür, bis er ihre Zunge fand. Sie fühlte sich, als würde sie ersticken. Er hatte ihren Kopf mit beiden Händen gefasst, küsste und saugte an ihren Lippen und ihrem ganzen Gesicht. Er klammerte sich an sie wie eine schmarotzende Kletterpflanze, bis sie sich kurz von ihm befreien konnte und nach Hilfe rief. Hoffnungslos! Jasmin spürte Schmerzen. Sie sah sich selbst kraftlos und ängstlich, lag am Boden und er auf ihr. Jasmins Welt zerriss, Erdplatten stießen aneinander, überall floss Lava aus dem Erdinneren und zerstörte alles, was im Weg war. Ihr schien, als hätte sie etwas Brennendes in den Augen und im ganzen Körper, der gezwungen war, die Anstrengungen mitzumachen. Sie fand sich auf seine Arme gehoben, mit dem Gesicht zu Boden.

Er legte das dumme Lämmchen auf den Tisch, zog sie etwas nach unten, bis die Füße den Boden berührten und stieß wieder in sie hinein, hörte nicht auf. „Paul, du tust mir weh!" Nur für einen kurzen Augenblick ließ er nach. Jasmin gab ihren Widerstand auf. „Bitte, lass es uns genießen." Sie übernahm wieder die Rolle einer Liebenden. Mit einem Mal wurde er anders. Er nahm sie an der Hand, führte sie ans Bett und befreite sie zart von ihren Kleidern. Küsste sie und spreizte gleichzeitig ihre Beine. Roch und küsste die zart geschwollene haarlose Stelle nass. Was er tat, war anders als die Male zuvor. Wild und respektlos. Er drang in sie ein und tat ihr wieder weh. Sie war sein Opfer, das seinen tierischen Instinkt herausgefordert hatte. Danach hob er sie hoch, brachte sie in die Badewanne, badete und trocknete sie ab, cremte ihre Haut ein, die ihr schon fremd geworden war, parfümierte sie und begann, an ihrem ganzen Körper zu riechen.

Sie fühlte sich in diesem Moment wie ein geschlachtetes Stück Fleisch.

Er kleidete sie an, hielt sie fest in seinen Armen und vergoss Tränen. „Meine Liebste, ich warte auf eine Antwort."

Es war das erste Mal in ihrem Leben, dass sie sich dafür hasste, eine Frau zu sein. Sie wollte ihm die Eier abschneiden und an seine Stirn nageln, auf sein Herz einprügeln, bis es nicht mehr schlug, genauso, wie er sie geschlagen hatte. Seine schmutzigen Lippen zerstören, die Zunge herausreißen und einem Straßenköter vorschmeißen, in seine Augen einen dornigen Stängel stechen.

Sie wollte ihn anschreien, dass er sie vergewaltigt hatte. *Du hast mir wehgetan.* An den Schmerz in ihrer Seele dachte sie zuerst nicht. *Diese Vergehen werden vor Gesetz verurteilt, aber dafür musst du einen großen Teil deines Lebens preisgeben.*

Sie wollte ihm sagen, wie gefährlich er wäre. Sie würde ihn denunzieren, sobald sie die Möglichkeit hatte, vor seinen gewaltigen Krallen, den kleinen dicken Gliedern eines Kriechtieres, zu entfliehen.

Er war kein Clown mehr. Ein Clown bringt die Menschen zum Lachen. Paul dagegen hatte das Antlitz und den Humor des Clowns geraubt und gleichzeitig missbraucht, wie sich jetzt herausstellte. Er war ein guter Schauspieler und sie eine blinde Zuschauerin gewesen. Sein falsches Spiel hatte sie in eine Falle gelockt, seine Freundlichkeit und sein Charme hatten sie ihn mit Gefühl und Leidenschaft betrachten lassen. Das dumme Schaf war leichtsinnig gewesen – zu leichtsinnig.

Das Gesetz. Ihm würde geholfen werden, wie meist in solchen Fällen, der Täter würde als Opfer dargestellt werden. Er würde betreut, in seinem Leben begleitet und frühzeitig in Rente geschickt werden, weil er nicht mehr geeignet war, andere zu lehren.

Er würde in die Psychiatrie eingewiesen und nach ein paar Monaten wieder entlassen werden. Er würde im Mittelpunkt stehen, den Verletzten spielen, dessen Beziehung in die Brüche gegangen war, eine Liebe, die er am Ende mit zornigen Gefühlen erstickt hatte; sie würde ihren Mund halten, sich vor allen Menschen verstecken, zerstört, ängstlich und misstrauisch.

„Steig ein!" befahl er.

Sie kletterte in den Wagen, als wäre sie ein Schatten.

Kurz bevor Paul losfuhr, verriegelte er die Türen. Höchste Sicherheit für den Schatten, damit er während der Fahrt nicht die Tür öffnen und nach draußen springen konnte.

„Wo bist du, ich kann dich nicht sehen, wieso spielst du die Verletzte? Sag bitte ein Wort!"

Sie reagierte nicht.

„Wieso versteckst du dich? Sprichst kein Wort mit mir, Worte, die mich trösten. Morgen wirst du gehen, wirst mich alleine lassen wie ein verstoßenes Wesen. Komm, gib mir deine Hand, damit ich sie ein letztes Mal streicheln kann! Sie ist so kalt. He, wieso ziehst du deine Hand weg? Warum fasst du ins Lenkrad? Weißt du, so landen wir in den Büschen. He, mach keine Dummheiten! Verdammt, nimm die Hände weg! Wo bist du? Wieder untergetaucht? Schnall dich ab, wir sind da! Hier ist deine Wohnung! Ich komme nicht mit hoch, weil ich viel zu tun habe, Ordnung schaffen. Unordnung, die du verursacht hast. Ordnung für den Fall, eine einzige kleine Spur von dir bei mir zu finden. Sie werden erstaunt sein, Ordnung in der Wohnung eines Junggesellen zu sehen. Überall wird Ordnung herrschen, und auf dem Tisch werden sie eine Vase mit weißen und gelben Blumen finden – es wird keine große Rolle spielen, dass es Plastikblumen sind –, korrigierte Hefte und eine Schale mit Erdnüssen. He, Schatten, geh nicht so schnell, benimm dich! Gib mir einen letzten Abschiedskuss, mein Püppchen! Denk daran, wenn du es dir anders überlegst, bin ich immer da, um dich in meine Arme zu schließen. Das werde ich tun, und du weißt, dass ich es gerne tun werde."

Jasmin verschwand schneller als ihr Schatten, schwarz wie die Dunkelheit. Atemlos öffnete sie die Tür, trat rasch ein und schloss hinter sich ab. So wie sie war, stellte sie sich unter die Dusche, legte sich dann pitschnass auf das Sofa, hätte schreien wollen: „Hure, Hure, Hure!"

„Nein, nein, bin ich nicht", wiederholte sie immer wieder. „Du Dumme! Dumme! Du Blinde!"

Der Abend war warm und drückend, staubig und erstickend. Ihre Haut brannte. Endlich lag sie im Bett, eingehüllt in ihren Morgenmantel. Sie lag da, wie ein Mensch aus Paraffin, mit starrem Blick, weit weg. Opfer einer kriminellen Tat.

ie ersten Tage in Köln waren ihre Eltern kaum zu Hause, den ganzen Tag bis zum Abend waren sie unterwegs, um Freunde zu treffen. Diese Treffen fanden immer statt, wenn sie zu Hause ankamen. Das Verhalten der Eltern erschien Jasmin, als ob sie die Trauer verloren hätten, die sie wegen der Bürde ihrer Tochter haben müssten, eine Bürde, die Jasmins Seele zu zerbrechen drohte. Doch Jasmins Einschätzung war falsch – die Eltern verließen Köln nicht, ohne den Ereignissen nachzugehen. Im Falle der Schwangerschaft ihrer Tochter waren sie sicher, die Wahrheit ans Licht zu bringen – vor allem Friedrich – obwohl Jasmin es ihnen sehr schwer machte, da sie nichts über Paul preisgab.

Ein Tag vor Jasmins Treffen mit Jola, fuhren Christine und Friedrich in das kleine Städtchen, in dem ihre Tochter gearbeitet hatte.

Empfangen wurden sie von Erwin, der anfangs zurückhaltend wirkte. Er berichtete wie schon zuvor am Telefon: „Sie war eine freundliche, fleißige, sehr an Literatur interessierte, wache junge Frau, deren Arbeitsvertrag wir gerne verlängert hätten. In der Zeit, in der sie bei uns war, gab es keine verdächtigen Situationen oder Zwischenfälle, sonst hätten wir es gemerkt und ihr geholfen."

„Wissen Sie, ihr Verhalten hat sich total verändert, seit sie nach Hause gekommen ist: Sie verschweigt den Namen des Mannes, verrät absolut nichts über ihn und ihre Erlebnisse", erklärte Friedrich in resigniertem Ton, dem es in diesem Moment nicht peinlich war, Erwin mehr zu erzählen, als ihn anging.

„Das ist seltsam!", seufzte der andere, „aber Gott sei Dank hat sie keinen körperlichen Schaden genommen, oder?"

„Natürlich nicht."

„Aber doch!", flüsterte Christine, nachdem Erwin gegangen war.

Friedrich blickte auf seine Frau mit den ehrlichen Augen eines Kindes und fragte, ob von dieser Gewalt etwas zu sehen gewesen war an Jasmins Körper.

„Sie lässt mich nicht an sich heran."

„Körperliche und seelische Schmerzen hinterlassen Lücken im Gedächtnis. Außerdem machen sie dich zu einem anderen Menschen, der die Wahrheit anders empfindet und dazu beiträgt, am Geschehen zu zweifeln."

Die besorgten Eltern fuhren mit dem Wagen in besagten Stadtteil, auf die Kuppe des Hügels, blieben im Auto sitzen und beobachteten die Bewohner, die das Hochhaus, in dem Jasmin gewohnt hatte, betraten und verließen. Es waren ältere Menschen, die nur schwer die Treppen aus Beton, die zum

Haus führten, emporsteigen konnten, aber kein verdächtiges Gesicht befand sich darunter.

Friedrich blickte seine Frau zweifelnd an.

Sie machten sich hoffnungslos und enttäuscht auf den Weg nach Hause.

„Nun gut", meinte Christine leise, „wir können es bei Jola versuchen."

„Wie meinst du das, bei Jola versuchen?"

„Fragen, ob sie etwas über die letzten Bekanntschaften unserer Tochter weiß."

„Auf keinen Fall!", wiederholte Friedrich zweimal hintereinander.

„Aber was können wir tun?"

Nach allem, was in ihrer beider Kenntnis lag, wussten sie, dass Jola nicht Jasmins Vertraute war. Sie hatte so viele Jahre bei ihnen gewohnt, bis Manfred sich entschied, wieder zu heiraten. Auch die fünf Jahre zusammen in einer Klasse auf dem Gymnasium waren ohne Bedeutung. Es gehörte mehr als das dazu, um Jasmins Vertraute zu werden.

„Jola hat in Jasmins Leben noch nie eine Rolle gespielt", entgegnete Friedrich überzeugend.

„Das weiß ich, aber irgendetwas wird sie uns sagen können."

Was Friedrich erstaunte, war die gut überlegte, aber nicht sehr glaubwürdige Antwort Jasmins. „Wir sind uns in einem Konzert zufällig begegnet und es passierte einfach."

Die Eltern fühlten sich wie in einer Sackgasse zwischen hoch gewachsenen, dicht nebeneinander gepflanzten Bäumen, ohne Möglichkeit, sie zu durchdringen.

Mit dem Rücken zur Wand stimmte Friedrich seiner Frau zu, die daraufhin ihren Blick von seinem Gesicht löste, es passte nicht zu seinen Prinzipien. Er beruhigte sich selbst, indem er laut dachte: „Letztendlich sind unsere Bemühungen für unsere Tochter."

Genau fünfzehn Minuten vor sechs Uhr am nächsten Abend, es war die zweite Septemberwoche, erschien Jola, die letzte Hoffnung von Jasmins Eltern, vor der Villa Martha. Sie kam in einer blauen Ente, einem Geschenk ihrer Eltern als Belohnung für ihr Abitur.

Die beiden Cousinen hatten sich eine Weile nicht getroffen. Die Sonne wanderte langsam Richtung Westen. Am Himmel erschienen kleine Wölkchen, die zu einer großen Wolke wurden. Das Wetter würde sich später am Abend ändern, sogar Regen würde fallen, nachdem sich die Kusinen voneinander verabschiedet hatten.

Jola tauchte haargenau zu der Zeit auf, in der Emma und Jasmin in die Kirche gehen wollten.

Emma verzog unwillig ihr Gesicht.

Jasmin schlug vor, dass beide Enkelinnen Emma in die Kirche bringen sollten, und am

Ende des Gottesdienstes würde die Haushälterin sie nach Hause begleiten, für den Fall, dass Jasmin sich verspäten würde.

Emma akzeptierte Jasmins Vorschlag grummelnd. Trotz Jolas Austritt aus der Kirche, hätte sich Emma gewünscht, zu dritt in die Messe zu gehen, wie damals in den guten alten Zeiten, als ihre Enkelinnen noch klein waren.

Jola hatte von Emmas Wunsch nichts bemerkt, genauso wenig wie von ihrem gebrochenen Herzen. Sie freute sich, zusammen mit Jasmin die Taverne „Talavera" aufzusuchen. Sie dachte nicht mehr daran, dass sie am selben Tag vor drei Jahren an einem Tisch in einer versteckten Nische das erste Glas Wein getrunken und an ihrer ersten Zigarette gezogen hatten. Eine Heimlichkeit, die schnell aufgedeckt wurde. Es waren die ersten maßlosen, unerfahrenen Schritte der beiden Mädchen gewesen. Jola hatte Wein auf leeren Magen getrunken und gleichzeitig eine Zigarette geraucht. Bis dahin hatte sie nicht gewusst, was Magenschmerzen waren. „Ich sterbe.", stöhnte sie. Jolas Stirn hatte sich mit kaltem Schweiß bedeckt, und sie war in Jasmins Armen zusammengebrochen. Dann folgte ein schneller helfender Eingriff einer Unbekannten, in kurzem Rock und mit kurz geschnittenen Haaren. Sie hatte zufällig auf der Außentreppe des Lokals die jungen

Frauen beobachtet, die beinahe die Treppe hinuntergefallen wären, und hatte beide ins Krankenhaus gebracht.

Jola hatte einen Kreislaufkollaps gehabt.

Drei Stunden später, als sie wieder stabil gewesen war, hatte Manfred sie, die beschämt und mit gesenktem Kopf reagierte, enttäuscht und mit kaltem autoritärem Gehabe nach Hause gebracht. „Euer Verhalten entspricht nicht eurer Erziehung, nicht dem, was wir euch beigebracht haben!"

Dieses leichtsinnige Verhalten wiederholten sie nicht mehr. Beide kannten mittlerweile den Geschmack des Weins und seine Gefahr, und wenn sie ein Glas süßen Wein tranken, dann nur mit vollem Magen; sie rauchten auch nicht während des Trinkens, sondern aßen meist einen pikanten südeuropäischen Imbiss dazu.

Manchmal ergänzte Jola ihr Glas Wein mit einem Küsschen einer ihrer vielen Freunde.

Apropos „Küsschen": Die Cousinen hielten ihre kleinen Liebeleien, welche sich allerdings stark voneinander unterschieden, streng geheim. Ein Unterschied in einer Welt voller Fallen auf dem Planet der Gefühle, mit Fütterung des Köters, dem Tier der Begierde und der Leidenschaft.

Jasmin malte Bilder und versank in ihren Träumen, im Gegensatz zu Jola. Bei ihr dauerte eine Beziehung nur Tage, es war ihre Art, Leidenschaft, Küsse und Berührungen zu erleben. Jola fehlte der Mut für eine dauerhafte Beziehung, sie war belastet durch die Trennung der Eltern. Ihre Mutter hatte sie und Manfred wegen einer neuen Liebe verlassen.

Seit Jola die Universität besuchte, hatte sie sich sehr verändert, lachte nicht mehr so viel wie früher, und die zarte Röte war aus ihrem Gesicht verschwunden. Kein blitzender Blick mehr in den leuchtenden braunen Augen. Wenn sie redete, bewegte sie nicht mehr Hände und Füße, als ob diese Zungen hätten. Statt Wein bestellte sie stilles Wasser. Weil sie keine Erfüllung fand in ihren Liebeleien, ging sie in ihrer Freizeit in die Kirche und widmete sich zu Hause dem Klavierspiel. „Ohne Disziplin hat man keinen Erfolg", philosophierte sie in einem Anflug von Rechtfertigung. Sie hatte schlechte Erfahrungen mit Jungs gemacht. „Aus Schaden wird man klug", hätte Emma gesagt.

Jasmin hatte bis dahin außer der Begrüßung kein Wort gesprochen, war zurückhaltend wie immer, hörte nur zu.

Jola erzählte Jasmin von ihrer letzten Beziehung. Oft war sie, unzufrieden und enttäuscht von seinem ichbezogenen Wesen, in ihr Zimmer zurückgekehrt. Bis sie sich letztendlich von ihm trennte, weil sie sich wie sein fleischgewordener Abfallkorb fühlte und keine gemeinsame Zukunft sah.

Jasmin hingegen hatte mit Paul das Gefühl zu fliegen erlebt, bis zu dem Tag, an dem er sein wahres Ich zeigte. Und am Ende? Eine Schwangerschaft, die noch nicht zu sehen war, die Jasmin aber in ihrem Körperinneren spürte und versteckte. „Es gibt Schlimmeres", meinte sie eine Weile später zu ihrer Cousine mit leiser Stimme, „bei Trennungen ist da eine Sache, die sehr gefährlich werden kann."

Jasmin sah nach mehr als einem Monat seit ihrer Trennung das erste Mal wieder die braunen Augen des Clowns. Ohne Leben, leer! *Verschwinde!* dachte sie, *du bist für mich gestorben, ich lasse nicht zu, dass du mich quälst, ich habe dich vergessen. Wie kann ich dich vergessen? Ich bin von dir schwanger, aber das bedeutet nicht, dass ich dich nicht vergessen kann. Wie konnte ich denken, du seiest tot? Das zeigt, dass du einmal gelebt hast. Nein, du hast niemals gelebt, darum bist du auch nicht tot. Ich bin dir nie in meinem Leben begegnet, aber ich bin schwanger, und es wird nicht lange dauern, bis ich ein Kind bekomme. Und alle werden mich fragen, wer der Erzeuger ist. So wie auch mein Kind später gefragt wird: "He, wie heißt dein Papa?" Und danach wird mein Kind nach Hause kommen und die Wahrheit von mir erfahren wollend, weinend und verwirrt. Ich bin darauf vorbereitet, eine Antwort zu geben. Kurz und knapp:*

„Ich habe ihn aus den Augen verloren, er hat uns im Stich gelassen, wie viele Väter ihre Familien im Stich lassen. Er war ein unreifer Abenteurer." Das ist die einzige Antwort, die mich retten wird, um mir selbst nicht untreu zu werden. Sie ist nicht glaubwürdig für die, die mich kennen, doch sie werden sie akzeptieren müssen. So ist das, ich werfe Asche auf mein Haupt und erfinde Geschichten, damit die Wahrheit nicht ans Licht kommt. Wenn ich nur mutig genug wäre, die Wahrheit zu sagen. In meinem Fall ist es am besten, mit der Unwahrheit zu leben, die mit der Zeit Wahrheit werden wird, sich nicht unterscheidet von der Unwahrheit, die im Sinne der Glaubwürdigkeit leichter zu verarbeiten ist. Das erleichtert mich mehr, als wenn die anderen Bescheid wüssten. Und mit der Zeit verändert sich der Schmerz. Die Zeit und nicht die Wahrheit ist wie ein Medikament, das du zu dir nimmst gegen das verfluchte Pech einer chronischen Männerkrankheit, die in unserer Gesellschaft immer weiter voranschreitet.

Jasmin mochte nicht mehr weiter daran denken, und die schmerzliche Wahrheit wurde wie in den meisten Fällen in eine Ecke gedrängt. Damit war die Möglichkeit gegeben für ein wenig Schlaf, in dem sie trotzdem immer wieder von einem Albtraum gequält wurde.

Jasmin wurde erst nach vierzehn Jahren, in ihrem Bett in dem Sandsteinhaus, gebaut im Dorf mit wenig Brot, klar, dass sie falsch gehandelte hatte, dass sie mit der Wahrheit anders hätte umgehen müssen. Nach einer Weile, sah sie ganz gelassen in der Erinnerung die Cousine vor sich, ihre Sommersprossen, das schmale Gesicht mit dem Blick einer Katze, die rötlichen Haare, die sie kurz trug bis an die Ohren.

Jola spielte in der Taverne Talavera die Rolle eines Frauentyps, der sich dem Schicksal anpasste, als sie bemerkte: „Und wenn?" Gleichzeitig rief sie dem Ober, der gerade die Rechnung zum Nebentisch gebracht hatte, „eine Flasche Merlot" zu, dann wieder an Jasmin gewandt, wie um ihre Bestellung zu bestätigen: „Jetzt ist die Zeit gekommen, um zu trinken."

Nach dem Misserfolg mit Fredi war Jola von der Liebe enttäuscht. Sie wollte nur küssen und geküsst werden, ihre Liebhaber berühren und berührt werden, mehr wollte sie nicht. Als sie mit dem Eintritt in in die Universität so weit war, mit einem Jungen zu schlafen, hatte sie sich um Verhütungsmittel gekümmert, während Jasmin als Nonne belächelt wurde.

„Ich verhüte", sie goss ihr Glas halbvoll.

Am Ende ihrer vielen Gedanken, während ihres Gesprächs, sah Jasmin sich selbst als Schatten. Als Schatten eines Orangenbaumes, mit einem Mund, der sprechen konnte: „Hör gut zu, Paul, du musst dich untersuchen lassen, du bist eine Gefahr. Ich warne dich, bleib weg von mir, komm nicht näher, weil ich dich anzeigen werde, du ekliges stinkendes Wesen!"

„Wir haben uns vor ein paar Wochen getrennt, und meine Tage sind seitdem zweimal gekommen." Jola wartete auf Jasmins Reaktion, die selbst nicht wusste, wo sie in Gedanken war, bei ihrer Schwangerschaft oder bei dem Vergewaltiger. „Und wenn es anders wäre, wäre es Pech."

„Was hast du gesagt?"

Jola lachte. Langsam wurde das Lachen so hysterisch, dass es sich zu einem Schreien entwickelte. Sie war aufgeregt, vermischt mit Staunen über ihre Worte, die sie einfach hinauspustete, wie der Wind eine Pusteblume.

„Sag das noch einmal!"

Jola lachte noch mehr. „Ich würde einen Plan realisieren, der für Jahre später gedacht war. Ich wäre eine Studentin, die Mutter ist, und du darfst nicht vergessen, viele Männer finden das attraktiv, ohne daran zu denken,wie viel Arbeit und Mühe hinter der Attraktivität dieser Frauen steckt."

Jasmin blieb still und starrte auf ein paar junge Eichen, die vor dem Lokal gepflanzt waren.

Die Cousinen unterhielten sich über andere Themen. Sie versuchten, die vergangenen Monate nachzuholen und ihre alte Beziehung wieder herzustellen. Jola erwähnte Luzia und André nicht. Jasmin war Luzia mehrfach begegnet, zuletzt drei Tage vor ihrer Abreise nach Wertheim.

„Ich habe Luzia im Friseursalon ihrer Mutter getroffen und mich manchmal mit ihr auf der Straße unterhalten." Luzia hatte sie sofort auf Fredi angesprochen. „Dein Geschmack ist nicht schlecht", erwiderte Luzia. Jasmin verstand ihre Absicht. „Er ist nicht mein Freund, er gehört zur Familie." „Ja", antwortete Jola und zeigte kein Erstaunen. Sie war von Luzia telefonisch informiert worden über Jasmins häufige Spaziergänge mit Fredi. Andererseits wusste Jola, was Luzia von Jasmin hielt. Einmal, als Luzia Jasmin mit einer alten Dame, auf einen Gehstock gestützt, vor der Kirche sah, bekam sie von ihr den Spitznamen „Nonne". Niemand hatte den Mut, Jasmin mit diesem Namen anzusprechen, da Jola jedem androhte, die Freundschaft zu kündigen. „Sie ist meine Cousine."

Wenn Luzia sich mit Gleichgesinnten unterhielt und Jola nicht dabei war, sagte Luzia: „Die Nonne hat eine andere Frisur" oder „Die Nonne hat die Augenbrauen gezupft", „Heute hat die Nonne einen kurzen Rock angezogen, um ihre helle Haut zu zeigen."

„Erstaunlich. Trotzdem hast du dir die Haare von ihr schneiden lassen?"

„Ich hätte früher öfter Lust gehabt, in ihren Friseursalon zu gehen, wenn sie nicht so gemein zu mir gewesen wäre. Ich wollte die Haare schneiden und färben lassen wie sie."

„Ihr Abschluss nützt ihr nichts."

„Wir führten solche Gespräche nicht."

Jasmin kniff die Lippen zusammen, warf ihrer Cousine einen gleichgültigen Blick zu.

„Sie machte einen wohlhabenden Eindruck."

„Ja, schon. Du weißt, sie arbeitet im Salon ihrer Mutter."

„Mmh, das ist aber nicht das, was sie möchte."

„Das kann ich mir denken, sie wollte etwas Besseres sein, einen großen Sprung nach oben machen. Sie wollte niemals wie ihre Mutter sein. Mit vier Kindern von ihrem Mann im Stich gelassen werden."

„Der soziale Status der Eltern hat sie angespornt, und die Schule ist eine Institution, die es dir ermöglicht, es nach oben zu schaffen."

„Luzia möchte studieren."

„Intelligenz ist eine Seite, die andere Seite ist der Fleiß."

Es entstand Stille. Sie tranken, Jola stellte ihr Glas auf den Tisch.

„Erzähl mir mal, wie du deine Zeit verbringst, ohne irgendeine Verpflichtung?", schoss Jola eine Frage ab.

„Gut."

Jola wollte mehr über Jasmin erfahren. Sie kannte ihren ruhigen Typ, der keine Lust hatte, zu antworten. Aber als Jasmin sofort antwortete, bemerkte die neugierige Cousine eine Veränderung, die sie befürchten ließ, dass etwas passiert war und die die Telefonate bestätigte, die die Frisörin mit ihr geführt hatte. Luzia hatte Jasmin oft mit demselben Mann gesehen, der sie jeden Tag in der großen Villa besucht hatte. Luzia übertrieb mit „jeden Tag". Jola wollte wissen, ob Jasmin verliebt war, entdeckte in ihren Augen das Feuer einer Verliebten oder einer Träumerin, die verliebt zu sein glaubte. Doch sie las falsch, in Jasmins Augen ruhten Traurigkeit und Sorge.

Jola hatte das erste Glas Wein geleert, und schenkte nach.

Jasmin blieb bei Wasser.

„Heute schmeckt mir der Wein. Wenn ich keine Angst vor Magenschmerzen hätte, würde ich noch ein drittes trinken." Sie prosteten sich zu. Sie hatten roten Fisch und einen Tomatensalat bestellt, der nicht auf der Speisekarte stand, klein geschnittene Tomaten mit Schafskäse, fein gehacktem Knoblauch, Olivenöl und frischer gehackter Minze. Es war Jasmins Vorschlag gewesen, die oft experimentierte oder sich etwas von Emmas Kochkünsten abschaute.

„Du weißt, es fällt mir schwer, mich zu ver-
lieben." Jasmin wollte die Cousine vom
Thema Liebe ablenken, die Bohrarbeiten
stoppen, für die Jola bekannt war. Sie befürchtete, dass sie das Gespräch weiter vertiefen würden. Gesicht und der Tonfall ihrer
Stimme würden sie verraten. „Trinken wir
auf unsere Gesundheit!", sagte Jasmin, um
einen neuen Angriff Jolas abzublocken.

Jolas zweites Glas Wein war das letzte.
Nachdem sie das Lokal verlassen hatten,
spazierten die zwei Frauen am Rhein entlang. In den leichten Bewegungen der Wel-
len spiegelten sich die Lichter der vor Anker
liegenden Schiffe und am Ufer unter den
Straßenlaternen die Schatten von Liebenden. Es kamen Gefühle auf wie bei Roman-
tikern, wenn sie auf einer Holzbank sitzen
und das schöne Panorama des Rheins betrachten. Die Lichter erhellten ihre Gesichter.

Jolas Gedanken galten dem Übersetzer, den
sie noch immer mochte, und daher übernahm sie gerne die Aufgabe, etwas über
ihn und Jasmin zu erfahren, in der Hoffnung, dass nichts zwischen den beiden gewesen war. Sie war nicht clever genug, den
Namen von Jasmins Freund zu erfahren. Die
Blockade zu durchbrechen, war in diesem
Fall nicht möglich, darum machte sie einen
Rückzieher und spielte beim Abschied die

liebe Cousine mit einem Kuss auf die Wange.

Die Haushälterin hatte Emma mit dem Auto abgeholt, und beide waren längst zu Hause, während die beiden Cousinen noch im Lokal saßen. Emma war besorgt wegen Jasmins Verspätung und hatte mehrfach bei Manfred angeläutet. Das erste Telefonat führte sie mit Jolas Stiefmutter, die Emma beruhigte, da Jola Karten fürs Kino gekauft hatte. Das zweite mit Manfred, der ebenfalls beschwichtigte: „Mutter, sie sind nicht mehr klein, und wir wissen, wo sie sind."

„Aber das Kino dauert nicht den ganzen Abend."

„Vielleicht gehen sie noch spazieren."

Nach dem Telefonat wartete Emma noch eine Weile, bevor sie sich fürs Bett fertig machte und dabei die Schlafzimmertüre offen ließ, um ihre Enkelin zu hören, wenn sie nach Hause kam.

Jasmin, in Gedanken noch bei ihrer Cousine und darüber nachsinnend, wie schnell ein Mensch sich doch veränderte, trat leise in die Villa, warf einen raschen Blick nach oben zur zweiten Etage ans Geländer, um Emma zu begrüßen, die normalerweise dort wartete, wenn sich Jasmin verspätete. Sie stieg die Stufen empor, dachte nicht an ihre Schwangerschaft und die Eltern, die noch nicht zu Hause waren, die erfolglos den „Teufel" gesucht hatten, wie Emma Paul nannte. Emma war nicht einverstanden mit der Entscheidung ihres Sohnes und seiner Frau, Jola als Detektivin zu benutzen.

Jasmin ging ins Bad, putzte die Zähne und spülte zusätzlich mit Mundwasser, um den Geschmack des Fisches abzuschwächen. Sie schloss Emmas Schlafzimmertüre, die einen Spalt offen stand, ging in ihr Zimmer, zog ein Nachthemd an, legte sich ins Bett und dachte, bis sie einschlief, ständig an den Abend mit Jola.

André hatte kein Mitleid für seinen Misserfolg gewollt, war trotzdem in Selbstmitleid verfallen und hatte versucht, Jasmin so wenig wie möglich in die Augen zu schauen. Es war ihm gelungen, seine Enttäuschung zu verbergen, und so hatte er es geschafft, eine normale Beziehung wie zwischen zwei Schulfreunden herzustellen.

Die vergangenen Monate hatte er seine Energie für das Abitur verwendet. Am letzten Tag, beim Abschlussball, spürte er, dass seine Gefühle immer noch da waren. Als sie zusammen tanzten, waren sie einander ganz nah. Er hielt sie im Arm, spürte ihre Wärme, wie ein Blitz durchfuhr es seinen Körper. Er roch ihren Atem und begann, in ihrem Rhythmus zu atmen, hörte ihren Herzschlag und wünschte sich, dass sein Herz genauso schlug. Dieser Tanz war eine Qual, ihre Schönheit dagegen eine beruhigende Landschaft. André war kein Illusionist, er war Realist, der beeinflusst war von der Liebe. Er lief weiter auf den Bahnen, in denen er sich wohl fühlte, eine davon war das Studium.

Nach dem Abitur verließ André seine Adoptiveltern, kehrte der Stadt den Rücken und besuchte in Wien die archäologische Universität. Er kellnerte nachmittags und abends in verschiedenen Lokalen, die einzige Möglichkeit, um Studium und Lebensunterhalt zu finanzieren. Er brach jede Verbindung zu seiner Heimat ab, bis er eines Tages etwas Ungewöhnliches erfahren musste.

Die Frage, die der Fremde ihm stellte, war schmerzhaft. Länger als einen kurzen Augenblick sah er um sich herum nur Nebel. Ihm wurde schlecht. „Sind Sie der Erzeuger des Kindes?" „Nein, nein!" André bekam eine schwere Zunge. „Nein, nein", wiederholte er immer wieder. „Welches Kind? Das bin ich nicht. Sie sind falsch informiert, wir waren nur gute Schulfreunde."

Das Gespräch verlief friedlich und am Ende war alles geklärt, trotzdem behielt der Fremde beim Abschied seine Skepsis.

André verstand die Welt nicht mehr, auch nicht diesen Besucher, der ihn bat, das Treffen der beiden zu verschweigen. Er hatte geglaubt, von seinem Liebeskummer geheilt zu sein. Es war ihm bis jetzt keine wie Jasmin begegnet, keine, die ihn zum Träumen brachte. Er machte sich auf den Weg nach Köln. Einige Tage später traf Jasmin André zufällig auf dem Marktplatz. „Dich wollte ich treffen", sagte er.

Er wollte den Namen seines Besuchers nicht nennen, aber er musste. Was André verstand von dem Gespräch mit ihrem Vater war, dass diese Schwangerschaft das Geheimnis der Familie Weissenhut war.

Er fing an mit der Aussage ihres Vaters: „Niemand weiß davon."

„Ich verstehe nicht."

Seine Stimme wurde leise, ihre zerbrechliche Art machte ihn vorsichtig.

„Ich wurde vorgeführt." Er wollte nicht weiter reden. Seine braunen Augen zeigten seine Empfindsamkeit, die sich im ganzen Gesicht spiegelte. Das war es, was Jasmin an ihm unsympathisch fand. „Rede doch, du brauchst nicht zu stottern!"

„Ich wurde als der Erzeuger Deines Kindes hingestellt."

„Wie kommst du darauf?"

André war rot geworden. „Ich will und ich kann das nicht glauben. Jasmin! Wir sind erwachsen und können unsere Ziele und Wünsche halbwegs erkennen und auch voneinander trennen. Ich habe nachgedacht." Er machte eine Pause.

„Du hast mich abgewiesen." Er stockte.

Jasmins Augen glänzten und zeigten Bitterkeit. Sie blickte ihm direkt ins Gesicht. „Du kennst meine Antwort."

Er schüttelte den Kopf.

„An meiner Tür …", er atmete schwer, „ich traute meinen Augen nicht. Es war vor vier Tagen. Im Nachhinein kam es mir vor, als wäre ein Geist vor mir erschienen. In einem braunen Anzug aus Feincord, mit Hut, in der Hand eine braune Ledertasche. Ein besorgtes Gesicht. Der Advokat! Dein Vater."

Jasmin wand den Kopf zur Seite, um André nicht in die Augen blicken zu müssen, nicht ihren Zorn zeigen zu müssen. Sie fühlte sich von ihrem Vater verraten.

Jola wusste nichts von alledem, obwohl sie ihrem Onkel André als möglichen Freund genannt hatte, andererseits aber auch von Luzia erfahren hatte, dass Fredi, der Übersetzer, infrage kommen könnte.

Jasmin schaute André lange in die Augen. Es lag etwas in seinem Blick, das sie nicht verstand, sie spürte es, wenn sie ihm nahe war, es war unecht, gespielt, sie konnte es aber nicht benennen. Eine innere Stimme verriet ihr, dass er ein hoffnungsloser Fall war. Ein Narziss, der nur an sich dachte. „Guten Tag", sagte sie und ließ ihn mitten auf dem Heumarkt stehen. „Guten Tag", flüsterte André und blickte ihr mit Schwermut hinterher, wie sie auf der anderen Seite des Platzes in einer Gasse verschwand.

Nach dem Gespräch mit Jola interpretierten Jasmins Eltern deren Worte anders. Sie dachten nicht mehr an eine mögliche Vergewaltigung und überlegten sich eine neue Strategie, um ihrer Tochter zu helfen. Christine sollte Jasmin dazu überreden, professionelle psychologische Hilfe in Form einer Therapie in Anspruch zu nehmen.

Jasmin weinte vor Zorn über ihr Verhalten. „Ihr versteht das nicht! Das war bestimmt deine Idee, Mutter. Ich könnte vor Zorn schreien, und ich finde es gemein von euch, solche Sachen hinter meinem Rücken zu machen."

„Beruhige dich! Du hast uns keine Wahl gelassen."

„Jola!", unterbrach sie.

„Jasmin, fantasiere nicht so viel!"

„Du weißt ganz genau Mutter, dass ich nicht so eine bin, aber du weißt noch nicht, dass ich euch dieses Verhalten nicht verzeihen werde."

„Wir sind deine Eltern und wollten dir doch helfen. Du hast es uns so schwer gemacht ..."

„Ihr habt meine Cousine gefragt, und sie erzählte euch, dass André infrage kommen würde? Mutter, du erschütterst mich, ihr zerstört Stück für Stück mein Vertrauen."

Als Friedrich das Esszimmer betrat, hatte sich das Gespräch der beiden beruhigt.

Jasmin blickte den Vater nicht an, machte ein trauriges und gleichzeitig enttäuschtes Gesicht.

„Was ist los?" Er musterte seine Frau, die ihren Blick nach draußen schweifen ließ.

„Wir haben einen Fehler gemacht, zumindest ich, weil ich diese Idee hatte."

„Jasmin, ich möchte, dass du einen therapeutischen Weg einschlägst. Ich habe alles organisiert, ein Gespräch wird morgen stattfinden."

Sie zog die Augenbrauen nach oben.

„Kind, hör mir zu! Es ist wichtig, diese ungewollte Schwangerschaft zu verarbeiten."

„Vater, es wäre besser, wenn du auf meine Meinung Rücksicht nehmen würdest."

„Ich kenne dich, darum habe ich mich so verhalten."

„Was soll das?"

Friedrich schüttelte den Kopf und schluckte mehrmals, man konnte sehen, wie sich sein Kehlkopf mühsam auf und ab bewegte. Er warf ihr einen sorgenvollen Blick zu. „Ich kenne dich nicht mehr, du hast dich um hundertachtzig Grad geändert. Ist das der Dank, den wir von dir bekommen?"

„Vater, ich möchte, dass ihr mich fragt, nicht mehr und nicht weniger!"

In diesem Augenblick trat Emma ins Esszimmer, die mit der Haushälterin im Abendgottesdienst gewesen war.

„Und wie war es?" Friedrich tat, als wäre nichts passiert. „Hast du durchgehalten mit deinen Knien, hattest du Schmerzen?"

„Ohne Tabletten kann ich diese elendigen Schmerzen nicht ertragen."

Bevor die Haushälterin die Zimmertür von außen schloss, bedankte sich Friedrich mit übertriebener Freundlichkeit, obwohl jede Minute, die sie bei der Familie verbrachte, gut bezahlt wurde.

Als Emma sich in ihr Zimmer schleppte, setzte Jasmin das Gespräch da fort, wo sie unterbrochen wurden. „Und wenn ich nein sage?"

„Dann müssen wir zuerst die Gründe hören."

Christine wollte nicht außen vor bleiben. „Wir würden uns als Eltern das ganze Leben Vorwürfe machen. Sei vernünftig, so wie du immer warst! Es wird alles gut! Du wirst sehen, wie erfolgreich solche Therapien sind. Du brauchst keine Furcht zu haben, viele Frauen vor dir haben dadurch ihre Probleme bewältigt und führen jetzt ein neues Leben auf einer vernünftigen Basis."

„Ich kenne meine Situation, aber ich sehe keinen Grund für eine Therapie."

„Es ist eine ungewollte Schwangerschaft, und es wäre nicht schlecht, therapeutische Unterstützung zu bekommen."

„Mutter, ich akzeptiere meine Situation. Ich gehe mit dieser Sache ganz vernünftig um."

In Friedrichs Gesicht spiegelte sich Erleichterung, aber in seinem Blick lag Sorge über die schwere Aufgabe seiner Tochter.

Christine und auch Friedrich bezweifelten, dass Jasmin die Situation ohne psychologische Beratung meistern würde, andererseits würde eine aufgezwungene Therapie keinen Erfolg haben.

„Du kannst jederzeit eine Beratung bekommen", erwiderte Christine.

Jasmin antwortete noch einmal, fest überzeugt und gleichzeitig genervt: „Ich habe euch geantwortet, und es sollte nicht in unserem Sinne sein, einander zu nerven."

Christine zeigte keinerlei Mimik, obwohl Jasmins Ton sie erstaunte. Sie senkte den Kopf und gab keinen Ton von sich.

Stille beherrschte den Raum, die Gedanken der drei waren so intensiv, trotzdem unterbrach keiner die Stille. Jeder blieb wie fest genagelt auf seinem Platz. Die Blicke, die sie einander zuwarfen, waren genauso vorsichtig wie ihre Beurteilung der Situation.

Es war gesagt worden, was Jasmin zugelassen hatte; schließlich stand sie auf, entschuldigte sich und verließ den Raum.

Jasmins Studium war in den nächsten Tagen das Thema, das sie unbedingt mit ihren Eltern besprechen wollte. Sie hatte sich in Köln an der Uni eingeschrieben. Die Änderung ihres Studienwunsches von Chemie zu Lehramt war für die Eltern schwer nachvollziehbar.

Schließlich änderte ihr Vater seine Meinung. Nicht nur das, er verteidigte sogar hartnäckig, dass seine Tochter in Köln studieren sollte. „Nun ja", meinte Christine schließlich. „Ich werde deine neue Wahl akzeptieren müssen."

Einige Stunden später am diesem Freitag verließ Jasmin das Haus, es war früher Nachmittag. An der Ecke bog sie ab, lief über den Zebrastreifen, während Paul im

Stadtteil Blume nach ihrem Haus suchte. Das Fitnessstudio lag nicht weit entfernt. Es befand sich in der Nähe eines Einkaufzentrums. Jasmin trug ihre Sporttasche auf der linken Schulter, trug einen roten Sportanzug und weiße Sneakers. Die Geschäfte in der Nachbarschaft beherbergten teure Boutiquen, die von Kunden besucht wurden, die einen erheblichen Lebensstandard genossen. Eine große Parkanlage, gestaltet mit Naturpflastersteinen in verschiedenen Mustern umschloss das Areal. Ein schmaler Weg, den Laternen säumten, führte zur Sporthalle.

Heute wollte sie nur eine Stunde bleiben, ihre Eltern waren noch da, morgen würden sie ihre Reise wieder antreten.

Paul wurde fündig. Er klingelte an der Haustüre. Es dauert nicht lange, die Türe ging auf. Christine stand vor ihm und rief nach ihrem Mann, der sich gerade in seinem Arbeitszimmer aufhielt. Bis er erschienen war, hatte Paul sich vorgestellt, und als Friedrich kam, stellte Christine ihn vor. „Ein Bekannter von Jasmin. Er ist Lehrer."

„Ich bin für drei Tage in Köln und wollte sie besuchen. Wir sind gute Freunde. Ich kenne sie aus Bibliothek, und da ich zufällig in Köln bin, dachte ich daran, mich noch kurz von ihr zu verabschieden, bevor sie nach Australien auswandert, wenn sie nicht schon weg ist." „Momentan ist sie nicht hier, aber kommen Sie herein und trinken Sie einen Tee mit uns", bat ihn Christine.

„Danke, aber so viel Zeit habe ich nicht." Er ging mit einem „Wiedersehen" genau in die Richtung, aus der Jasmin nach Hause zurückkam. Sie sahen sich von Weitem und gingen aufeinander zu. Mit jedem Schritt, mit dem sie sich ihm näherte, fiel ihr das Atmen schwerer. Eine Mischung aus Wut und Angst überfiel sie. Sie bekam den Blick einer Wildkatze. Pauls Atem ging mindestens genauso schwer. Ihr Verhalten konnte er nicht einschätzen. Er blickte sich um. Sie befanden sich alleine auf diesem schmalen Weg, keine Menschenseele war zu sehen und zu hören. „Jasmin." Sie bekam Angst, aber er hatte eine weiche Stimme und ein reuevolles Gesicht. Als er ihr sagte, dass er bei ihr zu Hause gewesen war, wurde sie langsamer. Er kam einen Schritt näher. Sie blieb stehen.

„Bleib mir fern, wenn du keinen Ärger bekommen möchtest!"

„Ich habe nach dir gesucht."

„Wieso folgst du mir?"

„Jasmin, ich kann es dir erklären. Ich bin gekommen, um Dich um Verzeihung zu bitten, mehr will ich nicht."

„Was wolltest du zu Hause?" Jasmin prüfte seine Aura und Augen, um seine Absichten beurteilen zu können. Er wirkte harmlos, trotzdem befürchtete sie, sich wieder in ihm zu täuschen. „Ich habe mich bei deinen Eltern als ein Bekannter vorgestellt, einer, der oft in die Bibliothek kam. Und ich sagte, was du mir erzählt hattest, dass du Mitte Oktober nach Australien fliegen wolltest." Sie unterbrach ihn, wurde gelassen, denn nun wusste sie die Lage einzuschätzen.

„Und, haben sie dir deine Lüge abgenommen?"

„Sie haben mich zum Tee eingeladen, aber ich lehnte ab."

„Paul, was willst du hier?"

„Unser letzter Abend …", er sprach nicht mehr weiter.

„Ich möchte nichts davon hören!"

„Jasmin."

„Nein!" Sie wurde laut, hatte Furcht vor seiner Unberechenbarkeit. Die Straße war immer noch leer. Sie wollte an ihm vorbei, er folgte ihr.

„Jasmin, ich empfinde noch etwas für dich!" Ihr stockte der Atem, und sie war in einer Verfassung, in der sie nicht schreien konnte. Sie blieb stehen.

„Möchtest du, dass ich schreie?"

„Jasmin, ich liebe dich!"

„Aber ich dich nicht! Lass mich in Ruhe!"

„Jasmin!"

Sie unterbrach ihn. „Du brauchst meinen Namen nicht mehr zu rufen! Dieses Kapitel ist zu Ende! Du bist krank! Hol dir Hilfe, wenn es nicht schon zu spät ist. Willst du jetzt auch noch zum Stalker werden?"

Paul blieb stehen. Ihm wurde klar, der letzte Abend würde für immer der letzte Abend bleiben.

Unbehelligt gelangte Jasmin in eine Straße, in der sich viele Menschen aufhielten. Ihre Sporttasche wurde mit jedem Schritt schwerer, ständig wechselte sie sie von einer Hand zur anderen. Mehrfach drehte sie den Kopf nach hinten, ob Paul ihr folgte. Sie rannte schneller, kam keuchend und weinend vor ihrem Gartentor an, holte die Wasserflasche aus der Sporttasche und klatschte sich Wasser ins Gesicht. Leise schlich sie ins Haus, die Treppe nach oben in ihr Zimmer, ohne von den Eltern und Emma bemerkt zu werden. Sie wusste, sie musste wieder nach unten, es gab Fragen zu beantworten.

Die Familie saß im Wohnzimmer. Christine erzählte von ihrem nachmittäglichen Besucher. „Ist er derjenige, den du vor uns verheimlicht hast?" Jasmin warf ihrer Mutter einen ironischen Blick zu. „Fängst du wieder an?" Sie blickte zu ihrem Vater. „Paul scheint auf den ersten Blick seltsam zu sein, aber so ist er nicht. Habt ihr gemerkt, dass er etwas Feminines an sich hat?" Sie entschuldigte sich mit der Begründung, dass sie duschen müsse. Die Eltern blickten einander an, dann zu Emma. Sie glaubten ihr nicht, aber ließen sich nichts anmerken.

Vor der Abreise der Eltern und vor Beginn ihres Studiums Ende Oktober, schaffte Jasmin es nur dreimal, ihr Zimmer zu verlassen. Zweimal mit Emma zum Gottesdienst, in der Hoffnung, dass durch ihre Gebete ein Wunder geschehe und ihr die Sorgen genommen werden würden. Als sie dann aber feststellte, dass es nicht half, ging sie, anstatt dem Rat der Eltern zu folgen, nur zur Vorsorgeuntersuchung.

Als es ihr nach einem langen Tag an der Uni seelisch schlecht ging, begann Jasmin zu Hause Pläne zu entwickeln, wie sie sich verhalten würde, wenn ihr ein Bekannter begegnen würde oder die Studienkollegen ihre Schwangerschaft bemerkten. Das Schlafzimmer wurde für sie zu Vorlesungssaal, Kino, Theater oder Fitnessstudio. Abends, wenn Emma mit der Haushälterin zum Gottesdienst ging, führte sie Selbstgespräche. Manchmal fühlte Jasmin sich nicht sicher und überzeugend in ihren Zwiegesprächen, wich zwei Schritte vom Spiegel zurück und erklärte verlegen den Bekannten, die sie zufällig traf, wie Schatten mit gläsernen Augen: „Es ist nur Gerede, ich bin nicht schwanger, ich habe ein bisschen zugenommen, weil ich mit dem Training nachgelassen habe. Schaut mal!" Und sie zeigte ihren immer noch flachen Bauch. „Seht ihr?" Sie würde grinsen und sich hinter ihrer Hand verstecken.

Jasmin begann, voller Kraft auf ihren Bauch einzuschlagen, voller Wut und Hass. Ein Stein, der keinen Schmerz empfand. Mit der Zeit wurden ihre Hände rot und der Bauch violett, bis sie nicht mehr mit Blut versorgt wurden. Sie spürte Hände und Bauch nicht mehr, als wären sie mit Draht abgebunden. Die Ausbrüche geschahen mit kleinen Unterbrechungen, bis Emma nach Hause kam.

„Mein Gott, ich kann nicht mehr, ich weiß nicht mehr, was ich tue. Was ich mache, bringt mich um." Dabei wäre es für sie und das Kind am besten, wenn sie nicht den Verstand verlieren und dem Schicksal nicht entfliehen würde. Was Jasmin fehlte, war sehr bedeutend: Mutterliebe, die sie nicht empfand, weil sie dieses Wesen als Produkt eines Vergewaltigers betrachtete.

Viele Tage und Nächte lag Jasmin apathisch im Bett, fehlte in den Vorlesungen und verweigerte jedes Telefonat mit ihren Eltern. Sie glaubte, nicht mehr in deren Bild der Vorzeigetochter mit erfolgreichem Abitur und beruflicher Zukunft zu passen, hatte für befriedigende Momente jeden Traum von der Zukunft demoliert.

„Wenn wir wie eine normale Familie miteinander gelebt hätten", hätte sie gerne ihrer Mutter vorgeworfen und sagte es jetzt zu deren Schatten im Spiegel, „wäre heute vieles anders."

Sie konnten nicht anders. Den Eltern fehlte es an Sensibilität, sie nahmen sich nicht die Zeit, zu spüren und wach zu sein, auf ihre Tochter einzugehen, wollten sich von ihren Zielen und Aufgaben nicht zurückzuziehen, ihre Arbeit hinschmeißen und sich neuen Aufgaben widmen. Für die beiden war alles in Ordnung, ihrer Tochter fehlte es an nichts, das sie hindern könnte, ein angenehmes Leben zu führen. So früh ein Kind zu haben, wäre zwar die schwerere Alternative, aber nicht das Ende auf Jasmins Weg.

Jasmin weinte oft leise vor sich hin und kaute auf ihren Nägeln herum. Die Fingerkuppen waren offen und blutig. Sie hatte den Anspruch, die Eltern bei sich zu haben, hatte den Wunsch nach realer Nähe. Jasmin erinnerte sich, in all den vergangenen Jahren immer Sehnsucht nach Worten gehabt zu haben, in denen die Liebe ihrer Eltern zu spüren war, nach Berührungen und sanften Umarmungen, am meisten aber von ihrer kalten Mutter. Die Worte jedoch, die sie hörte, waren steril, kurz bemessen. Sie bewirkten, noch mehr an Leistung zu denken und sie von den lauten Schreien ihrer Seele, die sich nach elterlicher Zuneigung sehnte, abzulenken. Jasmin brauchte ihre Eltern jetzt mehr denn je, aber ihr fehlte der Mut, es auszusprechen, den Gehörlosen und

Blinden laute und deutliche Signale zu senden. „Wenn ihr nicht in der Lage seid, Zeit mit eurer Tochter zu verbringen, was nützt dann euer Einsatz in der Fremde?"

Emma konnte sich nicht vorstellen, dass Christine und Friedrich ihre Tochter nicht unterstützen würden. Sie war nicht bereit, etwas anderes zu denken. *Es liegt in der Natur des Menschen, ist unser Instinkt, unsere Kinder zu beschützen*, davon war sie überzeugt.

Die Frage stellte sich, wo der elterliche Instinkt bei Friedrich und Christine geblieben war. Während vieler Gespräche, die in der Familie geführt wurden, zu einer Zeit, als die Tage lang und entspannt waren, als jeder Aufgabe Zeit gegeben wurde, sie zu realisieren, und jeden Tag Zeit genug war für eine Pause, hatten sie es verstanden, die Selbstständigkeit ihres Kindes zu fördern, und die Erfahrungen, die Jasmin machte, nicht zu beeinflussen. Die Devise lautete, dass die Eltern dem Kind den Weg aufweisen und ein Stück Weg zusammengehen würden, bis es alleine laufen konnte, was aber auch hieß, dass das Kind später die Konsequenzen selbst tragen musste.

„Oh nein, ohne mich!" Solche Thesen, Autonomie im Sinne der Pädagogik, waren für Emma schwer zu verstehen, denn ihr Lebensprinzip war, miteinander den Puls zu spüren, wenn sie Schmerzen hatten, dann den Schmerz zu fühlen und zusammen zu widerstehen, und wenn sie Erfolg hatten, sich zusammen zu freuen und zu lachen, bis sie Freudentränen weinten. Mit diesem Prinzip hatte sie ihre Söhne aufgezogen, die es nicht einfach hatten, ohne Vater, ohne männliches Vorbild. Friedrich, der mit seiner zurückhaltenden Art berufliche Bestätigung und Erfolg suchte, und Manfred, in seiner seltsamen Art ein Einzelgänger, dessen Stärke das Alleinsein war, verlassen von seiner ersten Frau, die am Ende den Richter heiratete, der ihre Scheidung verhandelte.

Emma vergaß, dass sich die Generationen voneinander unterschieden.

„Mein Kind", sprach sie zu Jasmin, „es wird alles gut, du wirst sehen."

„Glaubst du wirklich, dass ich das schaffen kann?"

„Natürlich, zweifellos, das willst du doch!"

„Ja", antwortete sie mit schwacher Stimme, „ich habe doch gesagt, dass ich es behalten will, aber sag mir bitte, woher kann ich die Mutterliebe zaubern? Weißt du eine Antwort? In der Kirche finde ich keine Rettung. Schau nach oben in den Himmel, er ist blau, obwohl es regnet, und meine Schuhe werden nass. Die Heilige im Garten will mich nicht mehr ansehen, redet auch nicht mit mir."

Emma blieb stumm. Tränen saßen im Schneidersitz auf ihren Wimpern.

„Wieso redest du nicht? Sprich doch! Obwohl jedes Wort, das du sagst, schwer zu verstehen ist. Mutterliebe ist etwas Besonderes. Besonders und auch kompliziert, weil sie nicht einfach zu finden ist. Manche sagen, sie sei in der Muttermilch zu finden. Aber in meinem Fall reicht das nicht, in meinem Bauch wächst doch erst ein Embryo."

Schlag noch mal! Der Embryo hinter den fleischigen Wänden ist dein Kind. Einmal hast du schon geschlagen, schlag noch mal, schlag! Hast du Schmerzen? Wenn du Schmerzen hast, ist die Mutterliebe da. Ist das Gegenteil der Fall, entdecke sie oder stirb!

Die Tage vergingen. Der Winter kam ohne große Veränderung zum Herbst. Nur die Bäume waren befreit von ihren messingfarbenen Blättern, die der Wind durch Straßen und über Gehwege trieb.

Seit ihrem letzten Treffen mit Jasmin versuchte Jola, sie wieder zu sehen. Die Beziehung zwischen Jasmin und Fredi, wenn es eine gegeben hätte, kam Jola im Nachhinein nicht als etwas Besonderes vor. Die Nachteile, die sie empfunden hatte, waren frustrierend gewesen, hatten sie verändert.

Jasmin konnte nichts für Jolas Ängste, nachdem deren Mutter sie und den Vater verlassen hatte. Nichts dafür, dass sie die Liebe ihrer Großmutter nicht wirklich spüren konnte. Nichts für Fredis Aufmerksamkeiten Jasmin gegenüber.

Jasmin wollte in ihrem momentanen Zustand nichts von der Welt da draußen wissen, wie sie Emma signalisierte. „Sag, ich bin nicht da!" Emma schwindelte mehrfach, Jasmin sei spazieren gegangen.

Eines Tages läutete Jola wieder an der Villa Martha mit dem Wunsch, Jasmin zu sehen und mit ihr zu reden, wie sie es so oft getan hatten. Natürlich auch mit einer gewissen Neugier, den gewölbten Bauch zu sehen.

Jasmin ging es an diesem Tag psychisch sehr schlecht. Sie war mager geworden, die Augen lagen tief in ihren Höhlen, wie zwei Steine in Plastellinmasse gedrückt, sie besaß kein Hungergefühl mehr. Wie so oft lag sie auch heute in der Badewanne im lauwarmen Wasser und tastete ihren Bauch wie eine Blinde ab, die wissen wollte, was für ein Gegenstand sich vor ihr befand. Tastete ihn ab, damit er ihr vertrauter wurde. Umsonst, Mutterliebe, wie die Natur es eben einrichtet, war nicht da. Emma rief „Jasmin", währenddessen gab sie Jola, deren Gesicht sie in der Kamera sah, keine Antwort.

„Sie kommt, weil sie wissen möchte, ob ich wirklich schwanger bin und Fredi der Erzeuger ist."

Emma machte hinter der Badezimmertüre große Augen über Jasmins Intuition. Sie war von Friedrich über seine Unternehmungen und auch über das Gespräch, das er mit Jola geführt hatte, informiert worden. Über Jasmins Schwangerschaft mit Jola zu reden, war kein Thema mehr. Sie wollten keinen Schritt mehr ohne Jasmins Zustimmung tun.

„Sag ihr einfach, ich bin nicht da, und von Fredi habe ich lange Zeit nichts gehört. Er ist nicht mein Typ, da kann sie sich sicher sein!" Nach Jolas Weggang machte sich Emma auf den Weg zu der Heiligen unter dem Baum. „Bitte Maria, Mutter Gottes, nimm ihre Schmerzen, heile ihre Seele! Der Satan ist bei ihr, er quält sie." Keine Stimme war zu hören, nur ein warmer Hauch aus den tief hängenden Zweigen war zu spüren. Emma schien es so, und das war genug, um sie zu beruhigen.

Jasmin war im fünften Monat. Ihre Brüste waren gewachsen und die Warzenhöfe dunkel geworden. Auch ihre Sommersprossen und die pigmentierten Stellen ihres Körpers waren stärker hervorgetreten. Pela hatte beim Ultraschall das Geschlecht des Kindes erkannt.

Sie erfuhr, dass es ein Mädchen werden würde, und hoffte gleichzeitig, diese Nachricht würde den ersten Funken Mutterliebe bringen.

„Alles Gute!", wünschte er und wischte das Gel von ihrer hellen Haut, am Nabel mit einem kleinen Diamanten geschmückt. Er nahm das Ultraschallbild und zeigte es ihr.

Die Mutterliebe ließ auf sich warten.

Im sechsten Monat spürte auch Dr. Pela, dass es Jasmin nicht gut ging. Es war nicht anders zu erwarten gewesen. Nachdem er die Herztöne des Kindes gefunden hatte, zeigte er ihr auf dem Monitor das Kind.

Jasmin schien, als liege es wie ein toter Fisch in steriler Flüssigkeit in einem Reagenzglas, wie sie es im Biologieunterricht oft gesehen hatte. Bewegte man das Glas, bewegte sich auch der Fisch.

Pela erwartete, ein Lächeln auf ihrem Gesicht zu entdecken. Positive Signale in den blauen Augen. Nichts war in ihnen zu sehen, nur verfaulte Blätter und blattlose Bäume. „Sie können sich anziehen, wir sind fertig!" In seinem Kopf prallten wieder zwei Meinungen aufeinander. Bevor der Arzt ihr die Hand zum Abschied reichte, fragte er, ob Jasmin sich mit der Schwangerschaft abgefunden habe und vor allem, ob es ihr gut gehe, wie sie sich fühle und ob sie noch irgendwelche Fragen habe.

Jasmin warf ihm einen misstrauischen Blick zu. „Alles in Ordnung, Doktor." Was konnte sie anderes antworten? Und wenn sie über ihre Verfassung sprechen würde, würde es nicht seinen Erwartungen entsprechen.

Als sie einen Monat später wieder zur Kontrolle kam, mahnte Pela vorsichtig, dass sie versuchen müsse, mehr zu essen, damit sie und das Kind keinen Risiken ausgesetzt seien. Sie solle sich vitamin- und eiweißreich ernähren und unbedingt ihre extremen sportlichen Aktivitäten reduzieren, um eine Frühgeburt zu vermeiden. Weiter riet er ihr, nicht so ernst zu sein, als ob sie vom Leben bestraft worden sei. „Sie sind eine junge Frau, und das Leben hat noch nicht richtig angefangen. Jetzt ist das Kind wichtig, es ist sehr feinfühlig und merkt sofort, wenn es Ihnen schlecht geht."

Jasmin spürte ihren Körper mittlerweile sehr verändert. Viele frühere körperliche Aktivitäten, Übungen im Studio, um ihre Körperlinien zu halten, waren schmerzhaft und anstrengend. Der Rücken schmerzte, wenn sie auf Toilette ging, sie musste stundenlang dort sitzen. Sie war auf Pinienkerne fixiert und auf eine unbekannte Frucht in Form einer Feuerbohne, doppelt so breit, fest, schwarz und süß, wie sie sie einmal im Westen des Balkans gesehen und gekostet hatte, als sie als Kind mit ihren Eltern nahe eines kleinen Illyrischen Städtchens, das im Meer versunken gewesen war und dessen Königin Teuta geheißen hatte, Urlaub gemacht hatte. „Oma, weißt du noch, wie das Städtchen hieß? War es Orikio?" Die getrockneten Pinienkerne hatte die Haushälterin ohne Anstrengung gefunden. Emma hatte sie mit Honig zubereitet. Johannisbrot hatte sie nur als Sirup in einer kleinen Drogerie gefunden.

Pela fragte, ob sie sich zur Geburtsvorbereitung angemeldet habe, überreichte ihr Broschüren, um den empfohlenen Weg aufzuzeigen. Er gab Jasmin zu verstehen, dass sie für sich selbst Verantwortung übernehmen müsse. Wie eine Stimme mal zu Emma gesagt hatte: *Der Herr zieht seinen Esel selbst aus dem Dreck.*

Für Emma waren die Monate anstrengend, zehrten an ihrer Gesundheit. Sie fand Zuflucht in der Kirche und bei ihrem steinernen Bild, bei Gebeten, wobei sie weinte wie eine Mutter, die für das Schicksal ihrer Tochter betet. Die Stimme, die sie gehört hatte, kam nicht mehr aus der Wand des Schlafzimmers. Sie drang jetzt aus verschiedenen Richtungen auf sie ein, klang wie ein Piepen in ihren Ohren und sprach vom Teufel.Die Ohren schmerzten; manchmal sank sie auf ihr Bett und wollte nicht mehr aufstehen. Dann wieder raffte sie sich auf, griff nach dem Stock und ignorierte die Stimme.

Ohne ihren Glauben hätte Emma diese Zeit nicht überstehen können. Zu ihrem und Jasmins Segen war sie stark genug für beide und leistete das, was Jasmins Eltern für ihren Beruf taten, im Privatbereich. Deren

Karriere war die neue und die alte Sucht geblieben.

Jasmin realisierte in diesen Monaten nicht wirklich, was sie mit der Schwangerschaft zu tun hatte. Irreal erlebte sie die Rolle einer jungen Frau, die vom Schicksal bestraft wird. Versteckt vor der Realität, isoliert in ihrem Zimmer, lag sie apathisch auf ihrem Bett. Der einzige Grund, das Haus zu verlassen, war die monatliche Kontrolle beim Arzt, die sie auch vergessen hätte, würde Emma sie nicht daran erinnern. Ihr Studium hatte sie längst unterbrochen, mit der Begründung, dass es ihr zu viel sei. Die Eltern waren nicht damit einverstanden, konnten sie aber nicht beeinflussen. Worauf Emma Einfluss hatte, nämlich, dass Jasmin nicht abtrieb, hatte sie erreicht.

Jede Hilfe, die Emma anbot, damit ihre Enkelin am Alltag teilnehmen und damit auch ihren Beitrag zum Familienleben leisten konnte und sich nicht einfach nur stundenlang in ihrem Zimmer in ihrer irrealen Welt einsperrte, wurde abgelehnt. Kämpfe zwischen Wirklichkeit und Wahn, mit primitiven Waffen und veralteten Strategien, die mehr Blut forderten, als angenommen.

Im siebten Monat änderte sich Jasmin Einstellung. Später dachte sie, dies sei die schönste Zeit der Schwangerschaft gewesen. Sie fühlte sich wohl und ausgeglichen, spürte den Herzschlag des Kindes, den sie anfangs ignoriert hatte. Obwohl sie merkte, dass ihre Kleidung an Hüfte und Taille nicht mehr passte, trübte sich ihre Stimmung nicht. Zum ersten Mal fühlte sich Jasmin nicht mehr allein, endlich hatte sie begriffen. Sie besuchte regelmäßig den Geburtsvorbereitungskurs und erfuhr dort, wie sie atmen musste, um die Wehen zu verarbeiten, lernte viele Übungen kennen, hatte Gespräche, die ihr die Ängste nahmen und Kraft gaben, für ihr Wohl zu sorgen und das des kleinen Wesens, das darauf wartete, nach einem Kampf zwischen Druck und Schmerz aus seiner erschöpften Mutter herauszukommen. Sie besorgte sich Literatur über die traditionelle Kunst der indischen Babymassage, über Ernährung und den Umgang mit einem Kind.

In die Villa Marta zog wieder Freude ein. Emmas gesundheitliche Verfassung allerdings verschlechterte sich immer weiter. Solange sie aber Jasmins wachsenden Bauch sah, war ihr nichts anzumerken. In dem faltigen Gesicht strahlte Freude und Aufregung darüber, Urgroßmutter zu werden. Wenn sie ihre Gelenkschmerzen bekam, nicht mehr aus dem Bett aufstehen konnte, die einfachsten Dinge nicht mehr erledigen konnte, wie auf Toilette gehen, sodass sie manchmal sogar ins Bett machte, rollte sie sich zusammen und wartete auf den Tod. Zu ihrem Lieblingswort, wenn

Jasmin ihr half, wurde „Ich lebe noch" mit der zittrigen Stimme eines kranken alten Menschen, der jeden Tag merkte, wie seine Kraft schwand.

Jasmin hatte sich mittlerweile an die Blicke der Mitmenschen gewöhnt; sie machten ihr nicht mehr so viel aus, wie zu Beginn der Schwangerschaft. Sie spürte aber, dass die Blicke der Bekannten immer noch Schmerzen bereiteten. Kristallene Blicke, wie sie sie nannte. So versuchte sie, jedes Zusammentreffen zu vermeiden, obwohl sie wusste, dass dieses Verhalten keine Dauerlösung war. Jasmin hatte keine Lust, jedes Wort zu analysieren, obwohl es sie beunruhigte, in den gläsernen Augen Gedanken lesen zu können und von ihren Lippen Worte, absichtlich, ironisch, erstaunt oder einfach neugierig, plätschern zu sehen. „Es hat sich so ergeben", antwortete sie, „bald werde ich eine alleinerziehende Mutter sein."

Die Mutterliebe, die sie nun endlich empfand, übersprang die trennende Barriere von Depression hin zu innerem Frieden.

Jasmin hörte das Zwitschern der Vögel in den Apfelbäumen und Akazien, deren Äste nach einer windigen und regnerischen Nacht ganz tief hingen. Die Sonne brachte Wärme, der Frühling war da und die Bäume, besonders ein Apfelbaum mit dicken Knospen, der mit dem Schatten eines Menschen Ähnlichkeit hatte, gedieh besonders. Der Apfelbaum, der von ihren Eltern an ihrem ersten Geburtstag gepflanzt worden war.

Es war sechs Uhr morgens, als Jasmin dringend auf Toilette musste und es gerade noch schaffte. Am Tag zuvor hatte sie ab und zu undefinierbare Schmerzen gehabt, kurz und ganz plötzlich. Jasmin hatte es nicht eilig, zu Pela zu gehen. Diese Schmerzen wären ganz normal bei einer Schwangeren, glaubte sie gelesen zu haben.

Aus dem Nachttisch holte sie das Ultraschallbild, das sie bekommen hatte, als sie im fünften Monat schwanger war, legte sich wieder ins Bett und starrte das Bild an. Es war erst das zweite Mal, dass sie es ansah. Diesmal blickte sie es sehnsüchtig an, Tränen liefen unbemerkt über ihre Wangen, sie berührte den Bauch, um die Bewegungen ihres Kindes zu spüren, obwohl jetzt nichts von ihm zu spüren war. Eher ungewöhnlich zu dieser Tageszeit, da es sonst normalerweise seine Anwesenheit signalisierte. Es ließ sie in Ruhe und erleichterte seiner Mutter diesen Moment.

Zum Ende des siebten Monats war das Kind sehr lebhaft gewesen, es hatte oft getreten, um sie seine Anwesenheit deutlich fühlen zu lassen. Mehr noch bei den Mahlzeiten. Sehr oft, wenn sie zusammen mit Emma frühstückte, hatte sich diese gefreut, wenn sie sah, wie sich der Bauch unter dem engen T-Shirt verformte. Seine Tritte erschreckten manchmal die Schwangere. Die plötzlichen Stöße taten ihr weh.

Bevor Jasmin abends einschlief, bewegte sich das Kind ganz sanft, als ob es „Gute Nacht, meine Mami" sagen wolle. Jasmin glaubte oft, eine kleine feine, nicht greifbare Stimme zu hören: „Mami, meine liebe Mami. Meine allerliebste Mami." Sie wusste, dass ihr Kind nicht sprechen konnte, aber es war ihr Wunsch, es zu hören.

Sie spürte Nässe zwischen den Beinen. *Das ist Fruchtwasser*, dachte sie, und so war es auch. Sie tauchte ihre Finger in das Fruchtwasser, um festzustellen, ob es blutig war. Die Schmerzen wurden stärker. Kalter Schweiß hüllte sie ein, sie fror, spürte Kälte und gleichzeitig Hitze im Rücken.

Sie war froh, dass das Kind jetzt nicht mehr trat, stand vorsichtig vom Bett auf, ging ins Bad, mit Angst, etwas in den Pyjama zu verlieren. Dann zog sie sich schwerfällig an und rief nach der Haushälterin, ging in Emmas Zimmer, näherte sich der Liege, auf der Ilse leise schnarchte, rüttelte an ihrer Schulter, bis diese ganz verschlafen die Augen aufschlug.

„Ich habe Schmerzen."

„Ich bin gleich fertig."

Für die Haushälterin war ein Bett in Emmas Zimmer aufgestellt worden, und in Jasmins

Zimmer hatten sie ein kleines Reich für das Neugeborene gebaut.

Dieser Raum war nicht mehr wiederzuerkennen, er sah wie ein Kinderzimmer aus. Alles, was ihr gehört hatte, hatte Jasmin nach und nach weggeräumt, wenn Muttergefühle in ihr aufgestiegen waren. Neben ihrem Bett stand das Kinderbett aus Kiefer, honigfarben lackiert, ein fliederfarbener Himmel aus Seide darüber gespannt. Seitlich davon hingen Püppchen aus rotem, gelbem und blauem Stoff, die Schlaflieder spielten, wenn der Schlüssel gedreht wurde. Auf den Holzdielen lagen in jeder Ecke des Zimmers Stofftiere in verschiedenen Farben. Wenn man durch die Tür ging, gleich links, stand der Wickeltisch und daneben ein kleiner offener Kleider- und Pflegeschrank.

„Oma, mein Koffer!"

Die Haushälterin, die Jasmin führte, nahm Emma den Koffer, der nicht besonders leicht für eine Sechsundsiebzigjährige war, aus der Hand.

Ilse fuhr den Wagen, neben ihr saß Jasmin, Emma hatte hinten Platz genommen.

„Haben deine Schmerzen nachgelassen?", forschte Emma, als sie keinen Laut von ihrer Enkelin hörte.

„Das wäre schön", meldete sich die vorsichtige Stimme der Haushälterin.

Emma konnte Jasmins angespanntes, blasses Gesicht nicht sehen, nicht die zusammengepressten Lippen, auch nicht die Hände, festgekrallt an der Armatur. Es schien, als würde Jasmin jeden Moment ihr Kind bekommen.

„Es sieht aus, als ob …", zweifelte Ilse.

Emma legte ihre warme Hand auf Jasmins kalte Stirn.

Es war so ein schönes Gefühl und Erleichterung, ihre Hand zu spüren. Diese ruhige Hand, als ob magische Kräfte wirkten. Jasmin war nicht alleine, sie hatte keine Angst mehr.

urz vor dem Krankenhaus dachtest du, du würdest das Kind bekommen." Mit diesem laut geführtem Selbstgespräch stand Jasmin aus ihrem Bett auf, von dem sie an diesem Wintermorgen schon mehrfach aufgestanden war und sich wieder hingelegt hatte, wanderte zum Fenster, warf kurz einen verwirrten Blick nach draußen, wo es zu schneien aufgehört hatte. Die vier Finger tiefe Spur der Autoreifen war nicht mehr zu sehen. Anschließend ging sie zur Gitarre neben dem Kleiderschrank, nahm sie in die Hände, um eine selbst komponierte Melodie, die die ganzen letzten Tage wie ein Wirbel durch ihren Kopf geflogen war, zu spielen, was sie dann aber doch nicht tat. Sie musste unbedingt auf Toilette, um dort stundenlang zu sitzen. Sie war mit sich selbst nicht einig, während der Sitzung ein Buch über den psychischen Preis der Individuen und eine Diagnose der Zivilisation in der kapitalistischen Gesellschaft zu lesen oder die Kästchen eines Sudoku auszufüllen. Sie entschied sich weder für das eine noch für das andere.

Nachdem Emma dem Pförtner von Jasmins schlechtem Zustand berichtet hatte, dauerte es nicht lange und Jasmin wurde auf eine Bahre gelegt und mit dem Aufzug zur Entbindungsstation, die sich im zweiten Stock befand, gebracht. Der Dienst habende Arzt legte gelassen eine Hand auf ihre Stirn und musterte Jasmin, die blass und verschwitzt aussah. Er fragte die Schwangere, in welchem Monat sie sei.

„Im achten Monat."

Er nickte: „Machen Sie sich keine Sorgen, es wird alles gut!"

Bei ihrer letzten Untersuchung hatte Dr. Pela beim Ultraschall festgestellt, dass der Mutterkuchen besser ausschaute, als einige Monate zuvor. *Er wird gut mit Nahrung versorgt. Sie könnte es schaffen.* Die Herztöne des Kindes zeigten, dass es gut mit Sauerstoff versorgt wurde.

Wenn Pela Jasmins Stimme bei ihren kurzen Gesprächen hörte und ihre optische Verfassung registrierte, war er beunruhigt, und das ließ ihn zögern, mit ihr über die Risiken, mit denen sie in den ersten fünf Monaten konfrontiert gewesen war, zu reden. Obwohl er wusste und verstand, dass Jasmin, sich in der Tat in einem Ausnahmezustand befand, der durch die Gleichgewichtsverschiebungen des vegetativen Nervensystems hervorgerufen wurde, ließ er sich seine Sorge nicht anmerken. Wie oft hatte er versucht, die Schwangere zu ermuntern und im Rahmen seiner Möglichkeiten seelische Erschütterungen zu mildern. Bei der letzten Untersuchung überfiel ihn ein unerklärliches Unbehagen: Wie schlimm ist es für eine Frau, ein totes Kind in sich zu tragen!

Jasmins Verfassung hatte ihn an ein Erlebnis mit Marcella erinnert, die ihn im vierten Monat um Hilfe bat. Bei ihr war Anfang des achten Monats das Kind einen Tag und sechs Stunden lang tot im Bauch gelegen.

Pela führte Selbstgespräche, dachte, wenn er zornig war, laut darüber nach, welch großen Ärger er mit dem Gesetz bekommen hätte, wenn er damals ihrer Bitte nachgekommen wäre.

Marcella quälten Schmerzen, und ihr Leben war in Gefahr gewesen. Bei der Aufnahme im Krankenhaus hatte keiner der Ärzte die Herztöne des Kindes abgehört. Der Dienst habende Arzt, der Zahnschmerzen hatte, hatte den Fall an seinen Assistenten weitergegeben, ihn ins kalte Wasser geschmissen, und dieser war in den schlauen Büchern der Medizin untergetaucht, hatte mit zitternden Händen die Seiten umgeblättert.

Pela wurde unruhig, nachdem Jasmin nicht zum vereinbarten Termin erschienen war. Er fragte seine Frau wiederholt, ob die

Schwangere heute wirklich einen Termin habe.

Die Antwort lautete: „Ja, schon um acht Uhr."

Die Erinnerung an das schreckliche Ereignis kroch wieder in ihm hoch.

Trotz medizinisch unbegründeter Bedenken bat er seine Frau, Kontakt mit Jasmin aufzunehmen, worauf diese den Tag über immer wieder versuchte, bei Familie Weissenhut anzurufen, um den versäumten Termin nachzuholen.

Es war nicht möglich, Kontakt mit der Patientin aufzunehmen.

Pela telefonierte in seiner Mittagspause, unabhängig von seiner Frau alle Krankenhäuser der Stadt ab, ob eine Patientin mit Namen Jasmin Weissenhut in der Notaufnahme aufgenommen worden sei. Seine Befürchtung waren ein möglicher Tod des Kindes und die Risiken, die in diesem Fall bei der Mutter auftreten könnten.

Endlich erfuhr er von einem Pförtner von Jasmins Aufnahme in einer der Kliniken.

Pela konnte sich daran erinnern, dass er sie beim letzten Besuch ermahnt hatte, wenn Blutungen oder Schmerzen auftreten oder Fruchtwasser abgehen sollten, sofort den Krankenwagen zu rufen. Der Frauenarzt war so aufgeregt, dass er in ungewöhnlicher Weise den Pförtner weiter aushorchte: „Vielleicht eine Frühgeburt?"

Dieser informierte sich auf der Entbindungsstation und antwortete etwas genervt: „Es ist noch nicht soweit."

Pelas Körper durchdrang ein kaltes Gefühl, das ihm die Ruhe raubte: Dieses Unbehagen hatte er damals nicht gehabt, als Marcella ihn angerufen hatte, während sie mit Schmerzen in der OP-Tür stand und eine Krankenschwester gebeten hatte, ihr das Telefon zu geben, um ihn anzurufen. Dass er sich beeilen solle, um an ihrer Seite zu sein und um zu sehen, wie sie leide – sie, die er einmal aus seiner Praxis verbannt, dann aber oft heimlich zu Hause besucht hatte. Oder sie war in seine Praxis gekommen, wenn diese geschlossen war. Er umarmte dieses Wesen das Schutz brauchte, das einmal Optimismus, dann Traurigkeit, dann wieder eine Mischung von beidem zeigte, wenn es um die Schwangerschaft ging. Er küsste sie auf ihren großen Bauch und murmelte: „Bitte mach keinen Unsinn!"

Marcella zu treffen, war ein kleiner, großer Schritt, der seine fünfundzwanzig Jahre dauernde Ehe ausradierte. Es folgte eine intensive Liebelei hinter dem Rücken seiner Frau, die, machtlos und zornig, ihren Mann mit ihrer misstrauischen und nervigen Art endgültig aus dem gemeinsamen Leben trieb, was Pela und Marcella Stück für Stück zusammengeschweißt hatte.

Als er den OP-Saal betrat, lag Marcella weder im Bett noch auf dem Entbindungstisch, weil sie zur Toilette gemusst hatte, wohin sie sich vom Personal nicht hatte begleiten lassen. Sie verweigerte jede Hilfe, sagte, dass sie zurechtkäme.

Er ging mehrere Schritte in den Raum hinein, bis er auf die Hebamme traf. Beide stellten sich einander vor, und die Hebamme rief den Dienst habenden Arzt.

Dieser trat mit blassem Gesicht ein und streckte Pela seine Hand entgegen. „Wir müssen einen Kaiserschnitt machen, es wird eine Frühgeburt. Ich habe mit der Schwangeren gesprochen und mir ein optisches Bild gemacht."

„Wie sind ihre Werte?", erkundigte sich Pela.

Der junge Assistent war irritiert über diese Frage und antwortete spontan: „Sie hat starke Übelkeit."

„Und wie geht es dem Kind?"

„Ich glaube, gut."

„Habt ihr keine Herztöne gehört?"

„Sie hatte Schmerzen und wollte unbedingt zur Toilette."

Ein Tag und sechs Stunden ein totes Kind im Leib, und als sie auf Toilette musste, verlor sie es auf der Schüssel. Pela rannte zur Toilette.

„Ahh, es kommt Blut! Es rutscht." Sie schrie und bebte voller Panik. Er hatte das Kind gesehen, verschmiert mit Blut und die Frau mit gespreizten Beinen, unbeweglich wie eine Skulptur. Ein Stück Eisen mit offenem Mund und Händen, die sich ihm Hilfe suchend entgegenstreckten. „Bitte hilf mir! Was passiert mit mir?"

Pela hätte sich in seinen fünfundzwanzig Jahren Berufserfahrung niemals so etwas vorstellen können. Auch er stand unter Schock und wusste für einen Moment nicht, wie er sich verhalten solle. Er näherte sich ihr, nahm sie vorsichtig in den Arm und rief gleichzeitig nach Hilfe. Als niemand kam, rief er lauter als laut. „Notfall! Wieso kommt denn keiner?" Zuerst erschien die Hebamme mit erstauntem Gesicht. Sie entfernte das Kind und rief nach dem Arzt.

„Was ist los!", brüllte dieser und rannte in Richtung Toilette.

Die Wehen hatten im achten Monat zur Öffnung des Muttermundes, dann zur vorzeitigen, unbemerkten Sprengung der Fruchtblase und schließlich zur Austreibung der Frucht geführt. Das hatte letztendlich den Tod bewirkt.

In Pelas Kopf tobte die Erinnerung daran. Eine Trennung der beiden wäre besser gewesen. Seine Gedanken waren ein einziges Durcheinander gewesen; er hatte nicht ordnen können, was richtig oder falsch war. Anfangs hatte sie das Kind behalten wollen. Die Welt hätte sich nicht geändert, wäre in

Ordnung gewesen, wenn er das Kind abgetrieben hätte. Besser für Marcella, die sich
dieses Erlebnis hätte sparen können, den
schrecklichsten Moment ihres Lebens. Das
Bild des Kindes in der Kloschüssel verschwand nie mehr aus ihrem Gedächtnis,
sie sprach auch heute noch davon.

Als Pela das Krankenhaus damals verlassen
hatte, ging er in seine Praxis. Viele Fragen
schwirrten ihm durch den Kopf. Fragen, die
kamen und gingen, aber nur eine blieb –
die, die seine Karriere prägen würde: *Wieso
hatte er bei ihr nicht abgetrieben?*

Irgendwie ahnte er zwei Jahre später, dass
es Jasmin ähnlich gehen würde. Ihr Verhalten war nicht das einer werdenden Mutter.
Sie war kalt wie Eis.

Er war überzeugt von seiner Theorie, dass
die Liebe der Mutter entscheidend für das
Kind sei. Er wiederholte in Gedanken: *Mutterliebe!*

Bei Jasmin war das anders, sie hatte von
Anfang an keine Liebe empfunden für ihr
Ungeborenes, hatte von Anfang an abtreiben wollen. Und dieser Abort hätte stattgefunden, wenn seine Frau mit ihrer Eifer-
sucht, ihrer Befürchtung, zwischen ihrem
Mann und der hübschen jungen Patientin
könnte es eine Liebesbeziehung geben,
nicht so nahe an ihrem Mann geblieben wä-

re und dadurch seine Entscheidung beeinflusst hätte.

Das Kind war kein Produkt der Liebe, sondern eines der Begierde. Jasmin hatte es als Bedrohung ihres Lebens empfunden, eine Bedrohung ihrer Zukunft.

Aber dann entschied sie sich doch für das Kind.

Bevor die drei die Villa verließen, erreichte Emma Christine ohne Schwierigkeit, gab Nachricht, dass Jasmin starke Schmerzen habe und sie jetzt ins Krankenhaus fahren. „Vielleicht eine Frühgeburt", verkündete Emma mit fester Stimme.

Christine war drei Tage bei Friedrich zu Besuch. Sie lagen gerade im Bett, eng beieinander, irgendwo in einer Hauptstadt in Osteuropa, und hielten an diesem Freitag ein ausgedehntes Schläfchen. Sie fühlten sich privilegiert bei etwas, das ganz normal war für ein Ehepaar.

Mit dem ersten Flugzeug ließen sie die Fremde hinter sich, um bei der Tochter zu sein.

Vier Stunden später trafen sie im Krankenhaus ein und fanden im Wartezimmer eine sehr müde Emma, in deren Augenwinkeln getrocknete Tränen hingen.

„Ilse ist bei ihr."

Das Paar eilte in Richtung OP, wo ihre Tochter lag – verschwitzt, erschöpft, mit geschlossenen Augen unter einer weißen Decke. Für einen kurzen Augenblick an diesem Januarmorgen schloss Jasmin die Augen, tauchte einen Pinsel in den Topf mit blauer Farbe, tupfte zwei, drei Mal auf die Leinwand und malte ein Stück Himmel, der in den Augen des Betrachters wie ein unendliches Feld mit Kornblumen anmutete, die von Weitem wie kleine blaue Sterne wirkten. Sie malte die Gebäude der Universität in Australien. Irgendwo in einer Ecke der Leinwand funkelten zwei große Glasaugen. Die Beredsamkeit dieser Augen bestrafte das uneheliche Kind, so wie Emma, die Abtreibung als Sünde empfunden hatte, als Erniedrigung der Menschenwürde. Sie malte ein großes Kreuz und die betende Großmutter, die gegen die seltsame Stimme, die ihr die Ruhe raubte und Angst machte, kämpfte. In ihrem Zimmer, schlafend im Bett, links davon die Stimme als ein Wesen ohne Kopf und Füße, nur Ohren und Mund, wie ein gehäkeltes Bild auf ihrem Kissen.

Emma hatte damals oft eine junge Frau mit Namen Magdalena vor der Haustür gesehen, die viele Male bei ihrem Onkel gewesen war, der ihre Sandalen und Schuhe repariert hatte. Sie hatte Magdalena und den Onkel beim Küssen in seiner Schusterei erwischt. Von diesem Tag an hatte sie Magdalena nicht mehr gesehen, auch vor ihrer eigenen Haustüre nicht. Und sie hatte

Angst, dass ihre Enkelin die Sünden ihres Onkels bezahlen müsse. „Wie grausam!", schüttelte Emma den Kopf.

Sie konnte Jasmins Schreie nicht mehr ertragen, hatte den OP verlassen und auf die Geburt ihrer Urenkelin gewartet. Bis dahin war es ein langer Weg gewesen.

Wie oft hatte sich Friedrich an Jasmins Geburt erinnert. Es war ein Frühlingstag, die Blumen blühten, und den ganzen Tag lang roch es nach Lavendel, dessen Duft so beruhigend war. Er hatte sie, ganz stolzer Vater, auf den Arm genommen und allen Bekannten gezeigt. „Das ist unser Blümchen."

Aber Friedrich hätte nicht gedacht, dass er durch sein Gehen mit Christine diese Blume verwelken lassen würde. Sein Veilchen, wie er sie immer genannt hatte, als sie klein war. Mein Veilchen! Als wäre er ein Spaziergänger im Wald und pflücke ein Blümchen, um für kurze Zeit die romantische Seite des Waldes in den Händen zu halten.

Jetzt sahen sie, wie erschöpft Jasmin da lag, nur Haut und Knochen, mit der Aura einer Gelbsuchtkranken. Eine Stoffpuppe, vom Katapult geschleudert, kraftlos, ohne, dass ein Ton von ihren Lippen kam.

Die Augen geschlossen, kniff Jasmin sie manchmal unbewusst zusammen, und Freudentränen rannen bis ans Ohrläppchen.

Christine wurde unruhig und sagte zu der Hebamme, die gerade Instrumente säuberte, in einem Ton, der ihre gemischten Gefühle offenbarte: „Ich hätte gerne einen Bericht über den ganzen Ablauf." Als sie vor ihrer blassen Tochter stand, fühlte sich Christine ausgeliefert, als ob jemand mit einem Hammer auf ihren Kopf schlage, versuche, ihn zum Platzen zu bringen, als ob ihre Gehirnmasse auf dem Stallboden läge, wie hingekackte Kuhscheiße, bepinkelt und von den Hufen der Tiere im Stall zermatscht.

Wenige Sekunden später kam der Arzt mit einem Engelsgesicht, befreit vom Stress, und erzählte, um ihnen ihre Sorge zu nehmen: „Es war eine schwere Geburt, aber alles ist gut überstanden." Und mit einem „Guten Tag" ging er in den nächsten Kreißsaal, in der Hoffnung, dieses Mal eine leichte Geburt zu erleben. Er wollte keine Zeit damit verlieren, die Umstände einer Frühgeburt zu lüften und jede Einzelheit zu erklären. Er hatte das Kind gesund aus dem Bauch geholt, das genügte.

Ilse stand neben Jasmin und wischte ihr den Schweiß von der Stirn, kühlte sie mit feuchten Kompressen, die sie von der Hebamme bekommen hatte, welche noch damit beschäftigt war, Sauberkeit und Ordnung wieder herzustellen. Ab und zu warf sie einen Blick zu dem Platz, wo der Brutkasten mit dem Säugling gestanden hatte. Er hatte sich nicht gerührt, als wäre er gefroren, wie ein Truthahn im Gefrierschrank. Er war an Schläuche angeschlossen, die sie auf seine lila Haut geklebt hatten, um ihn mit Sauerstoff zu versorgen. Ohne Zeit zu verlieren, hatten sie ihn auf die Neugeborenen-Station verlegt.

Bei ihrem Besuch eine Woche später hatte Christine immer noch den gleichen Gesichtsausdruck, wie an dem Tag, an dem sie ihre Tochter auf dem Kreisbett hatte liegen sehen.
Emma hatte ihren Kaffee längst getrunken, als die Kirchenglocken fünf Uhr geläutet hatten.
Christine hatte das monotone Ritual ihres Stock gehört, als sie wach geworden war, blieb aber im Bett liegen, was nicht ihre Art war.
Emma hatte jedes Fenster im Erdgeschoss weit geöffnet, ließ die feuchte Luft des Morgens ins Haus und machte alle Lichter an. Das helle Licht der Lampen reichte nicht aus, um den Weg bis zum steinernen Bild der Madonna zu beleuchten.
Christine beobachtete sie vom Fenster aus, weckte dann ihren Mann, um ihm zu sagen, dass seine Mutter sich seltsam benehme.
Bis die beiden angezogen waren und die Morgentoilette hinter sich hatten, war Emma im Tempo einer Schildkröte von der Madonna zurückgekommen, ohne die schlech-

te Laune, die der nächtliche schlechte Geschmack in ihrem Mund verursacht hatte.

Während sie die Fenster wieder schloss und gerade am Wohnzimmerfenster stand, kam Friedrich ins Zimmer, hinter ihm Christine. „Guten Morgen, Mutter." Es kam keine Antwort, sie hatte das Kommen der beiden nicht gehört.

„Mutter, hast du schlecht geschlafen?"

Sie zuckte zusammen. „Du hast mich erschreckt!"

Friedrich schloss die anderen Fenster.

Emma schritt zu ihrem Sessel im Esszimmer, um ihre Handarbeit aufzunehmen. „Wann kommt Jasmin?"

Christine, die schon in der Küche war und Kaffee kochte, gab keine Antwort.

„Für mich brauchst du keinen Kaffee mehr zu kochen."

Nachdem Christine ihrem Mann den Kaffee an den Tisch gebracht hatte, wandte sie sich zu ihrer Schwiegermutter. „Ich hole jetzt Jasmin ab."

Diese lag im Tiefschlaf, bis zur Nase zugedeckt. Sie brauchte diese Ruhe, genau wie ihr Baby auf der Neugeborenen-Station.

Christine saß schon fast zwanzig Minuten am Bett, bis Jasmin spürte, dass sie beobachtet wurde. „Mutter, was machst du hier?"

Christine verzog den Mund zu einem leichten Lächeln, nahm zur Verwunderung der

Tochter deren Hand und streichelte sie, ihren Blick auf die Hand gerichtet. „Hast du heute Nacht gut geschlafen?"

Jasmin richtete sich etwas auf und drehte den Kopf kurz zur Seite. Ihre Augen wurden feucht.

Die Mutter ahnte in diesem Moment nichts von Jasmins Wunsch, sich an sie zu lehnen und zu weinen, ihre Gedanken auszusprechen, nicht nur zu sich selbst wie in den letzten Stunden. Aber sie wollte die Mutter nicht belasten.

„Meine Liebe, die Geburt war schwer."

Die Tochter schwieg.

„Eine Frühgeburt war nicht zu erwarten gewesen."

Jasmin gab keine Antwort.

Als frisch gebackene Mutter dachte sie, es wäre sehr wichtig, Muttermilch abzupumpen, so viel sie konnte, damit das Mädchen mehr von ihrer eigenen Milch als von der künstlichen des Krankenhauses bekam. Trotz Jasmins Bemühungen, wenigstens einen Tropfen Muttermilch auszudrücken, bis die Brüste schmerzten, kam keine Milch.

„Es ist zu früh, Milch zu bekommen, genau wie die Geburt des Kindes." Die vorsichtigen Worte von Schwester Viola waren schwer zu verdauen, trotzdem ließ Jasmin sich nicht von ihrem Vorhaben abbringen.

Jasmin war sauer auf ihrer Mutter. Sie wollte das Krankenhaus nicht so früh verlassen und fragte sich insgeheim, wie Christine darauf gekommen war, sie jetzt schon abzuholen. „Mutter, was hat dich getrieben, so früh zu erscheinen?"

„Zu Hause würdest du dich wohler fühlen."

„Aber wir hatten Nachmittag ausgemacht."

Christine beobachtete Jasmin, wie sie versuchte, aufzustehen und reichte ihr die Hand.

„Das brauchst du nicht, ich komme allein zurecht."

Jasmin verließ ihr Bett, ging zur Toilette und betrachtete im Spiegel ihr müdes und erschöpftes Gesicht.

„Du hast meine Frage nicht beantwortet."

„Damit wir mehr von dir haben, wir müssen unsere Reise leider wieder fortsetzen."

Jasmin fragte nicht weiter und fühlte sich unendlich allein, wie immer, wenn sie diese Worte hörte, aber dieses Mal spürte sie in der Stimme ihrer Mutter Bedauern und dass es keine Möglichkeit gab, diese Reise abzubrechen. „Aber der Papa bleibt noch ein paar Tage, er hat im Ministerium eine Besprechung."

„Dann ist er auch nicht zu Hause."

„Wenn er in Bonn fertig ist, kommt er vorbei und verabschiedet sich von dir."

Ohne mit Christine zu reden, machte sich Jasmin fertig, während ihre Mutter die restlichen Kleidungsstücke in den Koffer packte. Danach verließen sie das Zimmer.

Eine Etage tiefer, vier Türen vom Eingang der Station entfernt, gegenüber dem Schwesternzimmer, lag Cecilia in einem Glaskasten, angeschlossen an mehrere Schläuche. Jasmin erkannte einen Beatmungsschlauch und eine Magensonde.

Sich von ihrem Kind zu verabschieden, war für Jasmin unerträglich schmerzhaft. Sie hauchte ihr einen Kuss entgegen, und mit einem „Wiedersehen" reichte sie die andere Hand der Schwester.

Ich komme wieder, dachte sie, *und werde dich holen, für immer!*

Wie lange war es her, dass Mutter und Tochter zusammen Auto gefahren waren?

Bevor Jasmin auf die hintere Sitzbank rutschen konnte, bat Christine sie, vorne Platz zu nehmen.

Sie blickte ihre Mutter an. „Nein Mutter!", erstaunt darüber, dass diese vergessen hatte, wie Jasmin sich einmal geweigert hatte, nach einer hitzigen Diskussion, neben ihr zu sitzen, nachdem Jasmin den Rahmen des guten Benehmens, wie ihre Mutter es nannte, gesprengt hatte. Um den Streit zu beenden, hatte sie in schroffem Ton zu ihrer Mutter gesagt, dass jetzt Schluss sei mit der Diskussion. Sie hatte sie aufgefordert, das Auto am Straßenrand anzuhalten, und war an einer Bushaltestelle auf den hinteren

Sitzplatz gewechselt. Es war erste Mal, dass Jasmin ihrer Mutter gegenüber klar Stellung bezogen hatte. Ausdruck ihrer Ängste, als sie erfahren hatte, dass Christine genau wie Friedrich eine lange Zeit von zu Hause weggehen würde. Aber als dies zu Hause thematisiert wurde, hatte Jasmin allen Widerstand aufgegeben, während Christine die Einzige blieb, die ihre wahre Meinung kannte.

„Komm bitte nach vorn!"

„Ich habe keinen Nerv!"

Christine gab keine Antwort, runzelte die Stirn, brachte sich, wie Jasmin diesen weit zurückliegenden Tag in Erinnerung.

Im Rückspiegel warf sie ihrer Tochter einen Blick zu.

Jasmin wollte nicht reden. Ihr Blick war starr geworden, als ob sie Häuser, Geschäfte, und alles, was vor ihr lag, zur Seite schieben wollte, um ihr Kind in dem gläsernen Kasten sehen zu können, das sie nicht stillen, nicht auf den Schoß nehmen, nicht riechen und auch nicht mit nach Hause nehmen konnte.

„Was willst du von mir?"

„Wissen, was du denkst! Ist das so schwierig?"

„Ich möchte keinen Streit, ich möchte nur, dass bei uns Frieden herrscht, dass wir beide uns besser verstehen."

Christine reagierte nicht.

„Ich möchte, dass wir beide die Streitereien vergessen."

„Was noch?"

„Dass du mich akzeptierst, so wie ich bin und nicht so, wie du mich gerne hättest."

Christine antwortete wieder nicht, obwohl sie merkte, dass ihre Tochter auf eine Antwort wartete.

„Ich habe mich geändert; ich bin nicht deine kleine Jasmin, die eure Wünsche erfüllt. Ich möchte den Alltag mit kleinen Schritten gehen, ein ruhiges Leben führen, kein pompöses, das sich nur um Erfolg dreht."

„Das erwarte ich nicht von dir, du bist alt genug. Ich erwarte lediglich den Respekt, den ich als Mutter verdiene, nicht mehr und nicht weniger!"

„Eine gute Vereinbarung, einander zu respektieren!"

Christine fing im Rückspiegel den spöttischen Blick ihrer Tochter auf. „So war es immer in unserer Familie. Das sind Werte, die die Familienmitglieder achten sollten. Wir wissen alle, dass Perfektionismus nicht erreichbar ist, aber es geht um Normen, die wir Menschen miteinander vereinbart haben. Es könnte sein, dass wir dich mit unserer Abwesenheit Einsamkeit haben spüren lassen. Wir machen auch Fehler. Du warst immer ein Kind, das in Rätseln gesprochen hat. Wir müssen miteinander reden, um einander zu verstehen, wenn unsere Meinungen verschieden sind, müssen wir Kompromisse finden."

„Mutter, du kanntest meine Meinung ganz genau. Zu Vaters Versetzung ins Ausland habe ich nicht Nein gesagt."

„Und weshalb?"

„Weil wir das gewusst hatten und alle darauf vorbereitet waren. Aber mit deiner Reise war das anders, es kam alles sehr schnell. Mama, ich war alleine, so habe ich mich auch gefühlt; ich verstehe deine Gründen immer noch nicht. Ich hätte dich gebraucht. Weißt du, ich wollte mit dir nicht darüber sprechen. Aber jetzt schon, weil du mich jetzt reden lässt. Es hätte keine Probleme gegeben, wenn wir eine Familie gewesen wären. Ich habe mich leer gefühlt; unsere Telefonate haben mir nicht wirklich geholfen. Deshalb habe ich mich auf dieses Abenteuer eingelassen, das mein ganzes Leben verändert hat. Ich bin nicht die, die ich war. Ich bin die, die ich jetzt bin. Ich habe ein uneheliches Kind. Es ist nicht die Zeit, eure Reise abzubrechen, ich stimme sogar zu. Ich bin einverstanden. Geh an deine Universität, dort gibt es Menschen, die deine Hilfe brauchen! Was ich von dir gebraucht hätte, brauche ich jetzt nicht mehr."

„Du wählst Worte, die mich als Mutter sehr verletzen."

„Es ist nicht meine Absicht, meine Eltern zu verletzen, aber ich sage, was mir wehgetan hat. Von euch habe ich gelernt, immer ehrlich zu sein, und jetzt beschwerst du dich, dass ich ausspreche, was mir weh tut. Das passt dir nicht. Wenn ich in Rätseln rede, wie du gesagt hast, passt es dir auch wieder nicht."

Die ehrlichen Worte der Tochter wirkten wie ein Schlag ins Gesicht der Mutter, und sie bekam feuchte Augen. Christine lenkte den Wagen, als würde dieses Gespräch nicht stattfinden, und obwohl genug Zeit geblieben wäre, Unausgesprochenes zu klären, redeten sie nicht mehr miteinander.

Die Umarmung ihres Vaters an der Eingangstüre tat gut. Sie hielten sich gegenseitig fest und weinten. „Ich hab dich so vermisst", ihre Stimme versagte.

„Ich dich auch, ich dich auch!" Vorsichtig, mit der Zärtlichkeit eines Vaters umarmte er sie noch einmal, blickte in das Zimmer vor sich, übersah die Blicke seiner Mutter und seiner Frau, auf deren Gesicht ein leichtes Lächeln lag. „Meine Teuerste!", murmelte er, die Tränen in seinen Augen zeigten seine Machtlosigkeit gegenüber allem, was passiert war, und gleichzeitig die Liebe, die er für sie empfand.

„Wie geht es dir heute, meine Liebe? Wie geht es dem Kind?"

„Es wird alles gut, Vater, das Schlimmste habe ich hinter mir." „Komm zu mir mein Mädchen!", bat Emma und breitete die Arme aus. Auf dieses Treffen wartete sie schon lange, nachts hatte sie nicht richtig schlafen können. „Meine Heldin, mein Ein und Alles, ich habe gewusst, dass du es schaffst. Sei nicht traurig, mit dem Kind wird alles bestens sein! Die Medizin ist heutzutage so fortschrittlich, dass Cecilia bald nach Hause kommen wird."

Als sie ihr Zimmer betrat, überfiel Jasmin eine innere Leere. Mit klarem Blick registrierte sie jede Veränderung, die über die Monate hinweg vorgenommen worden waren. Dieses Gefühl der Leere konnte Jasmin nicht richtig einordnen, obwohl es genügend Gründe dafür gab. Sie ging zum Balkonfenster, zog die Vorhänge zur Seite, drehte sich um und betrachtete ihr Zimmer aus einer anderen Perspektive. Die Luft roch abgestanden. Es war seit Tagen nicht mehr betreten worden. Jasmin öffnete die Fenster, setzte sich vorsichtig auf einen Stuhl, um den Dammschnitt nicht so sehr zu spüren und legte den Kopf auf den Tisch. Sie dachte an die Vergangenheit.
Vor einem Jahr um diese Zeit stand sie mit beiden Beinen fest auf dem Boden, war die, die den besten Abschluss gemacht hatte. Die Einzige des Jahrgangs, die auf einem

anderen Kontinent studieren würde. Es kam die Perfektionierung der englischen Sprache, die neue Erfahrung in einer fremden Stadt als Bibliothekars-Praktikantin, dann dies, dann jenes. Dann die Begegnung mit Paul und die Schwangerschaft mit ihren Turbulenzen. Andere Gedanken schoben sich in den Vordergrund, verschwanden wieder, schlugen ein wie ein Blitz und blieben bei den letzten Worten an ihre Mutter hängen. Einerseits war sie froh, losgeworden zu sein, was sie längst hatte sagen wollen. Es hätte sie mehr gequält, wieder die stumme Rolle anzunehmen, obwohl sie einen anderen Ton hätte wählen sollen.

In Jasmins Alter hatten sich die meisten Töchter von der Mutter gelöst, sie dagegen suchte Nähe, verlangte von der Mutter die verlorene Liebe. Jasmin spürte, dass sie ihrer Mutter gegenüber ungerecht war, weil sie den Vater in diesem Konflikt ganz außen vorließ.

Die Gedanken wechselten zur Cousine, die betont hatte, wie froh sie sei, dass Jasmin die schwere Schwangerschaft hinter sich hätte, dass Jasmin wie eine Schwester für sie wäre. Jola zeigte Mitgefühl, wünschte ihr alles Glück der Welt.

Als Jura-Studentin musste Jola nach dem dritten Semester einen Praktikumsplatz finden. Sie war nicht bereit, ein Praktikum in der Kanzlei ihres Vaters zu absolvieren.

Nach zwei Wochen in einem Wirtschaftsunternehmen vernahm sie, als sie die letzten Stufen des Gebäudes verließ und in Richtung Auto lief, eine Stimme, die überrascht ihren Namen rief. Jolas selbstbewusster Gang machte diese nicht übermäßig große junge Frau weitaus interessanter als ihr Aussehen. Sie trug zu einem grauen Kostüm eine weiße Bluse. Die roten Haare trug sie so kurz, dass die kleinen weißen Perlenohrringe zu sehen war. Ihre schwarzen Schuhe hatten einen kleinen Absatz und sie trug ein dezentes Makeup, das einen seriösen Eindruck hinterließ.

Zögernd reichte sie Fredi die Hand. Es war ein Treffen zweier Bekannter, die lange Zeit nichts voneinander gehört hatten. Es war, als ob sich der Vorhang einer leeren Theaterbühne öffnete. Es war eine Begegnung mit neuen Eindrücken, die bezogen waren auf ihr Praktikum und seinen Beruf. Bewusst wählten beide ihre Worte, wollten keine Erinnerung an die Vergangenheit wecken.

Drei Mal trafen sie während des Praktikums in den Räumen des Konzerns aufeinander. Danach lud Fredi, ganz Gentleman, sie in das beste Lokal der Stadt ein, in die *Trattoria Palermo la Salvadore* im Norden der Altstadt. Sie unterhielten sich wieder hauptsächlich über ihr Studium und seine Arbeit im Konzern. Dabei erfuhr Jola, dass Fredi in

New York in der Nähe des Tochterkonzerns ein Apartment zur Verfügung stand, das er nutzte, wenn er dort zu tun hatte. Nicht regelmäßig, aber etwa drei Monate im Jahr.

„Im Moment gibt es viel zu tun, ich muss jeden dritten Tag fliegen."

Jola hörte zu und genoss diesen wunderschönen Abend.

Sie sahen einander auf gleicher Augenhöhe, und keiner von beiden dachte daran, sich dem anderen auch nur einen Schritt zu nähern. Während sie zu ihren Fahrzeugen gingen, fragte Fredi nach Jasmin. Er erwähnte, dass er nach dem Englischunterricht nichts mehr von ihr gehört hatte.

Jola war erstaunt, aber es gab keinen Grund, sich dies anmerken zu lassen. Ihr fiel wie Schuppen von den Augen, dass Fredi nie Jasmins Liebhaber gewesen war. „Wir haben uns schon lange nicht mehr gesehen, das letzte Mal liegt schon Monate zurück. Ich muss fast jeden Tag in die Bibliothek. Abends bin ich froh, mich etwas entspannen zu können."

„Das kann ich mir vorstellen. Schöne Grüße an Jasmin!"

Formell tauschten sie beim Abschied ihre Nummern aus.

Durch Jasmins Gedanken wehte eine kühle Brise. Es hätte ihr nichts Besseres passieren können, in der Hitze der Gedanken, die sich aneinander rieben. Solche Abstürze konnten jedem passieren, aber entscheidend war, wieder aufzustehen.

Jasmin stand vorsichtig auf und ging nach unten zu ihren Eltern, wollte zu ihrer Familie und begegnete auf der Treppe der Mutter. Ohne ein Wort nahmen sie einander in die Arme.

„Mama!"

„Jasmin!"

Der Vater kam dazu und kündigte an, dass er am nächsten Tag, direkt nach der Besprechung im Kanzleramt, fliegen müsse. „Wir werden telefonisch in Kontakt bleiben. Vergiss nicht, dass wir viele Freunde haben, die helfen, wenn du sie brauchst! Mit den Ärzten haben wir alles besprochen. Denk daran, deine Mutter kommt zurück nach Deutschland an ihre alte Arbeitsstelle, ihr Projekt ist bald zu Ende."

Sie blickte ihren Vater aufmerksam an, dann senkte sie die Augen zu Boden und nickte.

Emma hatte gerade ein Ei gekocht und eine Tasse warme Milch vorbereitet, stellte sie an Jasmins Platz und rief nach ihr, ohne das Gespräch zu beachten. „Du musst essen, damit du genug Milch für Cecilia hast."

Es war einer der wenigen Tage, die sie alleine zusammen waren. Die Haushälterin hatten sie nach Hause geschickt, und was das Kochen betraf, so kümmerte sich Christine selbst darum. Sie kochte eine Spezialität, die sie von ihrer Mutter gelernt hatte. In neunzehn Jahren Ehe hatte sie dies nur selten gekocht.

Die anderen drei saßen im Wohnzimmer. Friedrich hatte seine Münzsammlung auf dem Tisch ausgebreitet und war tief versunken in seine große Leidenschaft.

Emma strickte kleine Schühchen für Cecilia.

Jasmin las ein Buch mit dem Titel „Ihr Baby auf dem Weg ins Leben".

Irgendwann rief Christine ihren Mann um Hilfe.

Er war mittlerweile mit seiner Tochter im Garten. Die beiden konnten sie nicht hören, sie waren auf der anderen Seite des Hauses.

Emma half ihrer Schwiegertochter, die böhmischen Klöße mit einem Faden in zwei Hälften zu teilen. In der Küche roch es nach Hase, gefüllt mit Zwiebeln, dazu gab es eine leckere helle Soße. Die Küche hüllte sich in Dampfschwaden vom Kochwasser der Hefeklöße. Emma wusste, dass die Fenster nicht geöffnet werden durften, auch wenn die Abzugshaube nicht schnell genug den ganzen Dampf absaugen konnte. Sie deckte den Tisch. Christine rief ihren Mann und Jasmin zum Essen.

Nach dem Tischgebet hörte man nur noch das leise Klappern der Löffel.

Am nächsten Tag wallte in Jasmin wieder dieses kalte Gefühl auf, das sie schon früher bekommen hatte, wenn die Eltern sie mit Emma in Köln allein gelassen hatten. Es gesellte sich eine Leere dazu, die sie sich nicht anmerken ließ. Sie spielte die Starke. Eine Schauspielerin, die in eine Rolle schlüpfte, die für jemand anderen gemacht zu sein schien.

Jasmin begleitete ihre Eltern bis an das eiserne Tor der Villa, umarmte beide mit feuchten Augen. Beinahe wäre ihr ein Seufzer entwichen, den sie mühsam, bis die beiden gegangen waren, zurückhielt. Sie beachtete Emma nicht und lief direkt in ihr Zimmer, warf sich aufs Bett, weinte anfangs nur leise, wurde dann immer lauter.

Sie hatte den Anruf erst später am Morgen erwartet. „Endlich! Nach zwei Wochen kann ich meine Cecilia nach Hause holen", freute sich Jasmin. Lächelnd sagte sie zu Emma: „Ich wäre froh, wenn du mitkommen würdest."

„Das mache ich gerne, meine Liebe."

Alle Parkplätze des Krankenhauses waren belegt von den Autos der Mitarbeiter und Besucher, weil jetzt gerade Schichtwechsel war. Deswegen musste Jasmin in die Tiefgarage fahren. Von dort aus war die Strecke für Emma zu weit. So hatte Jasmin beim

Abholen des Kindes doch niemanden an ihrer Seite.

Am seltsam verlorenen Blick eines allein gelassenen Schwans am Ufer des Rheins erkannte die Frau hinter der Glasscheibe der automatischen Türe des Krankenhauses Jasmin sofort.

Jasmin konnte sie aber aus der Entfernung nicht sehen, sonst wäre sie einem möglichen Treffen ausgewichen. Sie betrat das Gebäude, am Arm die Babyschale, wartete im Erdgeschoss auf den Aufzug in den zweiten Stock. Jasmin war nicht allein, andere wollten wie sie nach oben fahren.

„Hallo!", vernahm sie eine Stimme hinter sich.

Jasmin drehte den Kopf und traute ihren Augen kaum: Frau Pela!

In kurzer Zeit hatte sie sich durch die Situation in ihrer Ehe stark verändert und wirkte unförmig. Mit geheucheltem Interesse fragte sie Jasmin, wie es ihr gehe, ob die Geburt so gewesen wäre, wie sie es sich vorgestellt hätte.

„Es war eine Frühgeburt."

Die Frau rollte die Augen und ein „Ah …" kam über ihre violett geschminkten Lippen.

„Wie ich sehe, holen sie ihr Kind heute ab."

„Es ist eine kleine Cecilia", berichtete Jasmin voller Freude. Der Aufzug fuhr mehrmals an ihnen vorbei, und Jasmin stand immer noch bei Simone Pela. Auf Jasmins

Frage, wieso sie im Krankenhaus sei, schien es, als ob sie nur auf diese Frage gewartet habe.

„Oh Frau Weissenhut, mir geht es nicht gut, ich brauche im Moment psychologische Hilfe. Mir wurde gesagt, hier würde ich den besten Psychologen der Stadt finden. Er hat seine Räume hier unten, diesen Flur entlang, dann links die erste Tür. Die Trennung belastet mich. Am schlimmsten ist, dass er sich heimlich mit einer dreißig Jahre Jüngeren trifft, mit einer ehemaligen Patientin. Damals, bei ihrer ersten Begegnung, war sie erst siebzehn. All das ist so vulgär, Ekel erregend und einfach zu viel für mich. Er ist mein Mann, und ich dachte, ich kenne ihn gut."

Jasmin war diese Offenheit eines Menschen, den sie nur flüchtig kannte, unbegreiflich.

„Wie konnte er nur, mit seiner Patientin! Und noch etwas …", Simone Pela schnitt eine Grimasse, sodass ihr geschminktes Gesicht ganz faltig wurde. An den Falten konnte Jasmin erkennen, wie stark das Make-up aufgetragen war. „Ich bin der Meinung, dieser Beruf sollte dem männlichen Geschlecht verboten werden. Wir trennten uns vor einer Woche, zwei Tage vor unserer Silberhochzeit. Ein paar Tage später zog er mit der jungen Frau zusammen. Als ich ihn zur Rede stellte, antwortete er mir mit einer Stimme, als ob er aus der Psychiatrie entflohen wäre: ‚Du kannst das nicht verstehen, ich bin ihr sehr verbunden, so sehr, dass ich sie nicht mehr alleine lassen kann‘, antwortete er mir. Und jetzt ist mir auch klar …“ Jasmin blieb still.

„Den Einjährigen, den sie jetzt hat, hat sie, glaube ich, von ihm. Aber mit mir war er doch verbunden. Hat er unser langes Zusammenleben vergessen? Durch dick und dünn gingen wir“, betonte Simone Pela schmerzlich. „Ich bin doch seine Frau. Er zerstört unsere Existenz. Es gibt keine Praxis mehr mit dem Namen Pela. Er zerstört alles, dieser Verrückte!“

Von seinem Erlebnis mit Marcella in der Toilette des Kreissaales hatte Simone Pela nie erfahren. Ein Erlebnis, wie es die beiden Geliebten hatten, kam in dieser Form sehr selten vor.

Bei Jasmin und Paul war das Ende ihrer Verbindung von Anfang an vorhersehbar gewesen, wurde allerdings von der anderen Seite am Schluss nicht akzeptiert, und die Beziehung hatte sich in ein Spiel voller Gewalt gewandelt. Eine Vergewaltigung ist nichts anderes als ein Mittel zur Erniedrigung und um Macht auszuüben. Wenn es Liebe gewesen wäre, hätte er anders gehandelt.

Paul verkroch sich nach Jasmins klarer Ansage, dass er Hilfe suchen solle, in seinem

Alltag. Nach Ablauf des Lehrvertrags blieb er noch ein halbes Jahr in Deutschland und verschwand, ohne Spuren zu hinterlassen.

Die Pelas hatten in ihrer Ehe nicht gespürt, dass sie in manchen Phasen nur nebeneinander her gelebt hatten, was es sehr schwer machte, jetzt weiter miteinander zu leben.

Am Ende ihrer Schilderung, als Simone Pela weder eine Reaktion sah noch Recht bekam und auch kein Zeichen des Mitleids über den schweren Schicksalsschlag von Jasmin hörte, formulierte sie einen banalen Satz, den man schon zigmal von verbitterten Frauen gehört hatte: „Männer werden vom Schwanz gelenkt!"

Jasmin nahm die Worte nicht wahr, sie war mit ihren Gedanken bei ihrem Kind. „Tut mir leid!", sagte sie schließlich, „ich muss jetzt gehen", und zeigte auf die Schale.

chluss, Schluss!", schrie Jasmin, „ich kann nicht mehr!" Sie stieg aus ihrem Käfig, schmiss die Decke zur Seite. Sie sah verknautscht aus, so wie man aussieht, wenn man schlecht geschlafen hat. Der Schreck, der sie aus der Tiefe der Erinnerung durchfuhr, war nicht zu ermessen, ihre Augen stark gerötet wie der rote Bademantel, den sie am Leib trug.

Jasmin lief in ihrem Zimmer auf und ab, blieb vor dem Fenster stehen, machte es auf, beugte sich ein wenig nach draußen. Lief wieder verwirrt auf und ab, mit leerem Blick aus wimpernlosen Augen. Als ob sie einen Besen in den Händen hielt, um ihr Zimmer zu kehren, wo ihre Erinnerungen überall auf dem Boden verstreut lagen, die sie zusammenkehren oder übereinander stapeln wollte wie Papierblätter. Sie hob sie mit großer Vorsicht auf, ging zur Holztruhe, packte sie hinein, drehte den Schlüssel und schloss ab. Auf die Truhe legte sie ein kleines selbst gehäkeltes Spitzendeckchen.

Der Gesundheitszustand des Kindes verschlechterte sich innerhalb kürzester Zeit. Nach dem Anruf der Krankenschwester, dass Jasmin kommen könne, bekam es überall blaue Flecken, Atemnot. Die Ärzte reanimierten schließlich. Jasmin wurde im Flur von einer Ärztin erwartet, die einfach auf sie zuging, ihr mitleidig die Hand drückte und sie sanft umarmte. „Wir haben Sie noch einmal angerufen, aber sie waren schon unterwegs. Sie hat es nicht geschafft." Sie gingen zusammen in das Zimmer der Kleinen. „Vor zehn Minuten hat ihr Herz aufgehört, zu schlagen."

Nicht geschafft!

Jasmin schluckte Tränen wie Brotstücke und streichelte ihr Mädchen, das gerade von einer Schwester angezogen wurde. Die Ärztin ging ins Nebenzimmer und ließ sie allein. „Meine kleine Cecilia!" Sie schluckte immer mehr Tränen.

Später fragte die Ärztin, ob sie die ganzen Formalitäten vom Krankenhaus erledigen lassen wolle. „Wir würden das für sie machen. Ihre Eltern sind ja nicht zu Hause", sagte die Ärztin, während sie Skepsis in Jasmins Blick entdeckte.

„Sie müssen sich jetzt nicht entscheiden, wir können das telefonisch erledigen."

Es soll einen Grabstein geben mit dem Namen meiner Tochter.

Und sie verließ weinend das Krankenhaus wie ein Mensch, der seine Umwelt nicht wahrnimmt.

„Frau Weissenhut, warten Sie!", rief eine Stimme noch einmal in dem langen Flur, der nicht mehr so leer war wie zuvor. „Ich möchte sehen, wie die Kleine ausschaut, ob Sie Ihnen ähnlich ist."

Sie ging einfach weiter.

In ihrem Schlafzimmer nahm Jasmin einen Stuhl und stellte ihn ganz nah ans Fenster, die Vorhänge waren aufgezogen. Sie holte die alte Wandergitarre, ein Erbstück von Emma, das immer am Kleiderschrank hing. Sie spielte ein Lied, das die ganze Zeit in ihrem Kopf tobte. Sie ließ ihren Blick auf dem gefallenen Schnee ruhen, auf der Wiese, auf der noch Spuren der fremden Hütte zu sehen waren, die eine traurige Geschichte spekulieren lassen, wie so viele Geschichten, die vor langer Zeit geschehen waren. Wie das Schicksal der Frau des Fischhändlers, das sie so berührte. Ob es sich so ereignet hatte, wie erzählt wurde?

Jasmin sang laut, um Cecilia, die im Zimmer nebenan schlief, endlich aufzuwecken. Cecilia hatte nicht den leichten Schlaf eines Hasen, daher macht ihr dieser Lärm nichts aus.

Die Frau wünschte, das Mädchen würde von diesem Lärm aufwachen, der in letzter Zeit durch ihre spontanen Ausbrüche oft im ganzen Haus zu hören war. Die dicken Sandsteinwände nahmen den Klang in ihren Fugen auf. Ihr melancholischer Blick drang in das Blau des Himmels, das Jasmin schien, als wäre es Grau, und Cecilias Bitten hörten nicht auf und tobten in den Ohren der Mutter.

„Bitte mich nicht!", sagte sie zur Tochter.

Bevor Jasmin begonnen hatte, zu musizieren, hatte sie mehrfach am Nebenzimmer gelauscht, so auch heute.

Das Mädchen war nicht in seinem Zimmer, war im Malstudio, versteckte sich zwischen den Farben. Oft war sie zur Mutter gekommen, mit dem Wunsch, noch einmal gestillt zu werden, obwohl sie vierzehn war und das Risiko, die Brustwarzen der Mutter blutig zu beißen, groß war.

Jasmin spielte Gitarre, dann drang plötzlich durch den Lärm eine Stimme, die ihr real vorkam.

„Mama, lass mich noch ein bisschen schlafen, heute ist Sonntag!" Konnte die Mutter jetzt nicht mal mehr Gitarre spielen? Jasmin fand Cecilias Verhalten unpassend im Vergleich zu den Erziehungsmethoden ihres Elternhauses in Köln. Was sie dachte, sagte sie Cecilia nicht, dachte aber auch nicht schlecht von ihrer Tochter. Sie wollte ihr nur sagen, dass sie weiter Gitarre spielen und nicht ins Atelier gehen wolle, um sich mit ihr zu unterhalten. Wollte nur den Schmerz vertreiben, Erinnerungen, die nicht verdaut waren, diesen Schmerz, den die Medizin nicht heilen konnte.

Trotz des Wunsches, weiter Gitarre zu spielen, hängte sie diese wieder an ihren Platz und legte sich kraftlos ins Bett.

Jasmin deckte sich zu und hielt einen langen Sonntagsschlaf, an einem verschneiten

Tag im Januar, in dem Haus, in dem sie allein lebte.

„Cecilia!", flüsterte sie.

Ein Name, der in der Kälte des Januars für immer im Himmel verschwand.

Über tredition

Der tredition Verlag wurde 2006 in Hamburg gegründet. Seitdem hat tredition Hunderte von Büchern veröffentlicht. Autoren können in wenigen leichten Schritten print-Books, e-Books und audio-Books publizieren. Der Verlag hat das Ziel, die beste und fairste Veröffentlichungsmöglichkeit für Autoren zu bieten.

tredition wurde mit der Erkenntnis gegründet, dass nur etwa jedes 200. bei Verlagen eingereichte Manuskript veröffentlicht wird. Dabei hat jedes Buch seinen Markt, also seine Leser. tredition sorgt dafür, dass für jedes Buch die Leserschaft auch erreicht wird

Autoren können das einzigartige Literatur-Netzwerk von tredition nutzen. Hier bieten zahlreiche Literatur-Partner (das sind Lektoren, Übersetzer, Hörbuchsprecher und Illustratoren) ihre Dienstleistung an, um Manuskripte zu verbessern oder die Vielfalt zu erhöhen. Autoren vereinbaren unabhängig von tredition mit Literatur-Partnern die Konditionen ihrer Zusammenarbeit und können gemeinsam am Erfolg des Buches partizipieren.

Das gesamte Verlagsprogramm von tredition ist bei allen stationären Buchhandlungen und Online-Buchhändlern wie z. B. Amazon erhältlich. e-Books stehen bei den führenden Online-Portalen (z. B. iBookstore von Apple) zum Verkauf.

Seit 2009 bietet tredition sein Verlagskonzept auch als sogenanntes "White-Label" an. Das bedeutet, dass andere Personen oder Institutionen risikofrei und unkompliziert selbst zum Herausgeber von Büchern und Buchreihen unter eigener Marke werden können.

Mittlerweile zählen zahlreiche renommierte Unternehmen, Zeitschriften-, Zeitungs- und Buchverlage, Universitäten, Forschungseinrichtungen, Unternehmensberatungen zu den Kunden von tredition. Unter www.tredition-corporate.de bietet tredition vielfältige weitere Verlagsleistungen speziell für Geschäftskunden an.

tredition wurde mit mehreren Innovationspreisen ausgezeichnet, u. a. Webfuture Award und Innovationspreis der Buch-Digitale.

tredition ist Mitglied im Börsenverein des Deutschen Buchhandels.

Zeitfracht Medien GmbH
Ferdinand-Jühlke-Straße 7
99095 Erfurt, Deutschland
produktsicherheit@kolibri360.de